Lewis et Irène

Du même auteur aux éditions Grasset

Lewis et Irène.
Réflexes et réflexions.
La Fausse Épouse.
L'Eau sous les ponts.
Petit Théâtre.
Chroniques de l'homme maigre.
L'Heure qu'il est.
Le Réveille-matin.
Rond-point des Champs-Élysées.
Papiers d'identité.
Air indien.
Rococo.
Champions du monde.
Magie noire.
L'Europe galante.
Bouddha vivant.
Rien que la terre.

Paul Morand

Lewis et Irène

Bernard Grasset
PARIS

Paul Morand/Lewis et Irène

Aucun écrivain n'a sans doute mieux exprimé le tempo de son époque que le Morand des années vingt. Que ce soit dans ses recueils de nouvelles : Tendres Stocks *(1921),* Ouvert la nuit *(1923),* l'Europe galante *(1925) ; ses poèmes :* Lampes à arc *(1919) et* Feuilles de température *(1920) ; ses portraits de villes :* New York *(1930) et* Londres *(1933) *ou ses romans :* Lewis et Irène *(1924) et* Bouddha vivant *(1927), il a su merveilleusement capter le rythme syncopé des célèbres twenties. Né en 1888, reçu premier au concours des ambassades en 1913, ami de Marcel Proust qui préfaça* Tendres Stocks *et de Jean Giraudoux, époux de la princesse Soutzo, amateur de belles voitures, invité permanent dans les meilleures maisons, sa vie mondaine participe elle-même étroitement au romantisme un peu factice des années folles. On sait qu'une option historique malheureuse en 1940 (il fut l'ambassadeur du régime de Vichy à Bucarest puis à Berne) engendra pour Morand un temps d'exil d'où l'écrivain sortit transformé, se dépouillant des tics d'une écriture d'époque pour devenir un écrivain classique. Il n'en reste pas moins que, des quatre-vingts titres de Morand, ceux qui ont fait sa gloire et où il semble au meilleur de sa forme ont paru entre 1920 et 1936 — et que c'est en témoin de cette époque et en chroniqueur de ses* *mœurs, de sa folie, de sa modernité que l'électricité de son style a été la plus fulgurante. Témoin, chroniqueur, nouvelliste... il le fut magnifiquement. Son écriture maigre et brusque où semble perpétuellement courir comme sur un cordon soufré une étincelle crépitante est alors adaptée le mieux du monde à son propos. En quelques mots, quelques traits sûrs et nets, il dessine un pays, une ville, esquisse le climat d'une scène et arrache un profil à l'oubli.* Lewis et Irène *est une illustration exemplaire de cette conception moderne du romanesque. Énoncées en style télégraphique et ponctuées par les cours de la Bourse, les amours de ces jeunes financiers, mâle et femelle, relèvent du graphique et de l'épure. Au mieux de sa forme, hanté par la vitesse et son démon du jeu — jeu de mots —, Morand montre ici ses points forts. Excellent dans l'instantané, le croquis, le trait, son art récuse résolument la profondeur : « Il ôta ses lunettes vertes, et reçut la blancheur du sud, avec toutes ses ombres mangées, comme un coup de poing entre les deux yeux... » « Elle avait cette belle couleur terre cuite des peaux méditerranéennes, alors que lui n'était encore que le barbare aux chairs blêmes. » En deux phrases, une dimension — horizontale — est donnée, et l'auteur s'y tiendra. Et il gagne la partie : pour ne pas aller plus loin que l'épiderme et la surface, le regard de Morand n'en possède pas moins une souveraine acuité. Ce qu'il voit, il nous le donne à voir pour la première fois, et comme nous ne l'aurions sans lui jamais vu. Cela seul suffirait à faire de lui, par-delà toutes les étiquettes, un très grand écrivain.*

PREMIÈRE PARTIE

I

— *Quinze*, — fit Lewis.

Les journaux du matin annonçaient un temps brumeux, puis des averses atlantiques. Pour les contredire, la matinée présenta un ciel intact, il est vrai tardivement improvisé. Les platanes de Paris continuaient de satisfaire à l'automne : à peine avait-on balayé leurs feuilles qu'il fallait recommencer.

— *Quinze* et *quinze*, *trente*, — continua Lewis,

à la vue d'une belle barbe à double révolution, venue s'ajouter à l'impériale de son voisin, le général, dont chaque phrase commençait par : " esclave de ma parole "...

C'était le premier enterrement depuis la rentrée des vacances; personne encore n'avait eu le temps de prendre mauvaise mine. A la sortie des cols empesés, hors des vêtements de deuil, les assistants montraient des joues tannées au soleil, des mains brûlées. Tandis que les croque-morts à moustaches noires dénudaient le corbillard au profit du catafalque, et portaient dans l'église une à une les couronnes enrubannées, un à un tous ces regrets en fleurs naturelles, l'orgue, accordéon tenu par quelque marin enivré et plaintif, envoyait dans les tentures, sous les voûtes et jusque dans la rue de géantes harmonies coupées de vents. Les suisses dominaient toutes les calvities, de leurs hallebardes luisantes et trouées comme la cuiller à absinthe. Les domestiques du défunt, en livrée amarante, avec brassard de crêpe, le chapeau haut de forme à la main, ajoutaient à cette majesté. On sentait que le moindre chagrin eût altéré, la moindre impolitesse fracassé la bonne humeur de cette obscure assemblée d'hommes et de femmes réunis dans la joie de sentir le matin, la pâte dentifrice et de n'être pas morts.

— *Quarante.*

C'était un sport nouveau, pratiqué en Angleterre, appelé *the beaver*, le castor, et que Lewis, Français anglomane, avait importé en France. Un jeu de société. A chaque barbe rencontrée, repérée, des tournois s'improvisaient : *quinze*, *trente*, *quarante*, et partie; l'on comptait les points ainsi qu'au tennis. Pour gagner, il s'agissait d'avoir vu le premier le plus de barbes. On jouait à Ascot, au Temple, aux Lords, dans les omnibus. Le castor passionnait tellement qu'à une garden-party officielle, Lewis avait remarqué des sujets chez qui le sport l'emportait sur le respect dû aux souverains et qui, tout en faisant leur révérence, inscrivaient mentalement à leur actif la barbe royale. Certains champions à l'œil exercé totalisaient à des vitesses incroyables, même parmi des foules en apparence rasées. Que dire alors du dimanche, autour du kiosque à musique, dans nos provinces du Midi, où des barbes à la verveine et au jus de tabac se cultivent encore et où, d'un coup, sur certains bancs, on peut cueillir des *jeux* entiers?

Robustes et pleins de vie, les héritiers, fêtés par les cierges, les membres du Conseil d'administration et le petit personnel de la Franco-Africaine s'abandonnaient à la douleur. Des hommes d'affaires, déroutés d'être en face du néant, à l'heure où crépitent d'habitude les Remington; des gens du monde, ennuyés, tournant le dos à l'autel et lorgnant la salle. Tout se passait exactement comme il faut. On sentait qu'à l'heure désignée par Dieu, d'importantes fractions de richesse bourgeoise, des dividendes juteux venaient de glisser du coffre-fort du défunt à celui des ayants droit, sans bruit, sans éveiller l'attention du fisc ou l'envie des inférieurs. Un virement de comptes avait suffi, parmi les sanglots. L'on se rappelait qu'il y a cent ans cette église de la Madeleine avait failli être une banque.

— Castor et jeu! — fit Lewis, en pensant soudain que, près de lui, dans la bière, continuait de pousser une barbe blanche, aux poils épais et crispés. Si, comme en certains pays, le mort eût reposé à visage découvert, on n'eût pu refuser à Lewis d'avoir enlevé brillamment sa partie. Le défunt, M. Vandémanque, avait été une de ces vieilles idoles ornementales et coûteuses accrochées au fronton de nos sociétés financières, dont le nombre s'accroît inutilement avec les augmentations de capital, et qu'on promène une fois l'an aux yeux des souscripteurs, que tant de vieillesse —on ne sait pourquoi — rassure au lieu d'effrayer. Un de ces hommes qui collectionnent les soupières de la Compagnie des Indes, savent l'*Énéide* par cœur, n'ont jamais vu une traite, qui sont d'une vanité et d'une âpreté féroces en même temps que blêmes jetonniers, et nous font considérer au-dehors comme des enfants avides, pleurards, ou endormis en suçant la tétine des intérêts.

Un Christ en majesté, sur un vitrail latéral, rappela à Lewis son premier conseil d'administration, — bientôt trois ans de cela, — où il avait affronté M. Vandémanque trônant, en qualité de président, au haut bout de la table verte sur un fauteuil surélevé. Au-dessus des vingt-cinq crânes nus (seul Lewis avait des cheveux noirs) des allégories se poursuivaient à travers des caissons dorés. Sous l'épais tapis on entendait, aux étages inférieurs de la banque, les guichets en entonnoir aspirer vers les caves les petites économies gauloises; le vieux comptoir cuisinait dans ses sous-sols les mets nationaux : l'épargne, le goût des sécurités, assaisonnés par l'appât de dividendes impossibles.

C'était la fin d'une lutte de six mois, menée par le bureau sortant, pour empêcher le jeune Lewis d'avoir accès au Conseil, lors du renouvellement des pouvoirs. Ce " brise-tout " audacieux, mal élevé, vaniteux, aux façons débraillées d'artiste bancaire, était haï de M. Vandémanque.

Lewis, très posément, après la lecture du rapport, s'était levé, qualifiant sans indulgence la gérance de l'année précédente, notamment en ce qui concernait les dépôts à vue, l'utilisation de la réserve, et, après avoir incidemment fait savoir qu'il se trouvait possesseur d'un paquet d'actions trois fois plus gros qu'on ne pensait, exprima l'intention de déposer une plainte dénonçant l'irrégularité d'actes soumis aux deux dernières assemblées.

Lewis s'était rassis au milieu d'un auditoire scandalisé, composé de gens d'esprit et de taille décents, fréquentant d'autres personnes décentes et fuyant devant le naturel et l'évidence sous le mol étendard du mot : il convient.

On murmura :

« Il faudra bien obliger ces jeunes gens à prendre la file. »

— Si ça ne suffit pas, la prochaine fois je reviendrai accompagné, — fit Lewis à haute voix.

— Accompagné de qui?

Il sourit.

— ... de preuves.

— La Franco-Africaine est, et restera, une maison de verre.

— Elle se cassera.

Il était certain de contrôler avant un an la majorité des actions; ce qui arriva.

— Qu'entendez-vous faire, au juste? avait

demandé M. Vandémanque avide de compromis, le jour où Lewis se fut imposé comme administrateur délégué.

— Jouer un jeu ouvert, tout simplement, — répondit celui-ci. — Passer le ballon aux trois-quarts, quand il arrive à moi, et au plus vite marquer entre les poteaux.

Le vieillard le regarda sans comprendre, mais tout rouge.

— Vous allez me réduire...

— à l'obéissance ou à la mendicité, fit Lewis, avec sa brutalité. (Il n'aurait cependant pas osé parler ainsi un an plus tôt.)

M. Vandémanque en mourut. Six mois après ses mains de grand prêtre avaient cessé de trembler, les veines de son front s'étaient dégonflées et il reposait là, enfin, sous les premiers chrysanthèmes de l'année.

Lewis ayant réussi à percer cette croûte qu'amassent sur la jeunesse nos institutions et nos mœurs et fait mentir l'immortel principe du commerce et de l'esprit français : *ne créer qu'en se méfiant*, était parvenu, l'un des premiers de sa génération, à l'air libre. Cela lui valut de connaître les mêmes blâmes qui toujours s'élevèrent contre la gloire fraîche. La France épuisée, partagée entre le souci de ne pas mourir et celui de ne pas faillir à sa renommée de peuple jaloux, n'acceptait qu'à contre-cœur ces véhémences nouvelles.

En un an, Lewis tripla son chiffre d'affaires, réussit à mettre la main sur le plus grand nombre des actions de contrôle; là où tout se traînait dans l'ombre (Lewis croyait entendre encore M. Vandémanque : — " A bon vin pas d'enseigne! ") il y eut des affaires traitées au grand jour de la publicité; là où il n'y avait auparavant qu'un fil spécial qui reliait la rue Scribe à la Bourse, il y eut dix-huit lignes téléphoniques, pour les arbitrages. Lewis dirigeait maintenant à peu près sans contrôle la Banque Franco-Africaine et ses filiales : l'Assurance Ætas, très agrandie depuis son nouveau contrat de réassurance au Lloyd, et le Comité de Recherches Fidius (Produits chimiques, caoutchouc industriel, phosphates, oxygène).

II

Il fallut monter jusqu'au Père-Lachaise, à cause des discours. Lewis ne se réjouit vraiment qu'aux environs du boulevard Bonne-Nouvelle à la vue du Nègre avec sa pendule d'or au ventre, des escaliers feuilletés, qui se soulevaient puis retombaient en montagnes russes, rappelant, sous les courbes de l'asphalte, l'inclinaison des vieux terrains maraîchers; des grandes maisons Empire, bâties avec les pierres de la Bastille, parfois éraflées par les fusillades de journées historiques.

Précédée de son attelage et de son cocher en suie, la voiture était gainée d'un deuil mat, où seule la bouche des chevaux faisait une déchirure humide et rose. Lewis regardait tomber un soleil gras qui tachait les rayons des roues, les souliers à boucles du maître des cérémonies, les orchidées transparentes, les feuillages d'automne que suivait une odeur de forêt mouillée.

Tout à coup, Lewis sentit qu'on lui saisissait

le bras. Du coude, il s'éventa. On revint à la charge. Alors, il broya, en la retenant prisonnière, la main qui s'insinuait.

Celui que Lewis venait de capturer ainsi était un petit homme roux, avec des favoris en forme de coquille Saint-Jacques, étalés sur les joues, Napolitain au pantalon déboutonné, correspondant à Paris de plusieurs feuilles de l'Italie méridionale, fort habile intermédiaire qui se promenait, depuis des années, sur le boulevard, sans faire ni de gros bénéfices, ni de prison. Il s'appelait Pastafina.

Lewis le connaissait de longue date.

— Tiens! Pastafina!

— Tout à l'heure, en marchant derrière vous le chapeau à la main, — dit Pastafina, — je regardais votre forme de tête. Vous avez, *malgré tout*, un crâne d'homme sérieux; aussi vais-je parler « sur le sérieux ».

Le signor Pastafina s'exprimait en autant de gestes qu'un chef de gare italien pour faire partir un train (du moins quand les trains italiens ne partaient pas). Il n'osait fumer ouvertement dans le cortège et cachait sa cigarette dans sa paume, comme les sentinelles.

A mesure que le corbillard avançait dans les quartiers pauvres, les fleurs dont il était revêtu faisaient une plus grande sensation.

— Il est bien accompagné, — disaient les marchandes des quatre-saisons en montrant le défunt, — mais il s'en va tout de même!

— Voici : c'est une affaire pour un joueur, un joueur heureux. Pour vous. Je suis né à Naples, mais de parents siciliens et j'ai gardé des attaches en Sicile. Le saviez-vous? Ce que vous n'ignorez pas c'est que par suite de la loi Visocchi, appliquée dans la péninsule et dans l'île, les grands domaines non cultivés ont été expropriés en 1920 au profit des paysans. Or, j'ai un frère, Arsenio Pastafina qui, après avoir été prospecteur au Mexique, et être rentré ruiné au pays, est devenu secrétaire général d'un syndicat agricole à San Lucido. Dans cette commune sicilienne, suivez-moi —, se trouvait un bien de deux mille hectares appartenant à la famille ducale des Montecervato (branche des Palmi), qui allait échoir à la collectivité. Le possesseur préféra le céder à bas prix et mon frère, en sous-main, le lui racheta. A quatre heures de mulet de Caltabellota, sur la côte sud; on suit une piste bordée de figuiers, de ces lauriers qui rappellent les armes des premiers Sicules. Pas une de vos routes françaises, bien nourries, mais un de ces chemins du Sud, blessé de plaies à vif comme le dos d'un vieil âne et qui lentement s'élève...

(Avec la caserne du Château-d'Eau et ce soleil

pâle pris au piège des trolleys, cette place de la République fait mal à voir. Connaissez-vous quelque chose qui soit moins de Paris?)

» ... s'élève, dis-je, sous un ciel transparent de chaleur, bordé de vert jaune à l'horizon. On dirait qu'il y a déjà du soufre dans l'air. Au loin, des fumées montent d'on ne sait quel sacrifice...

» Vous permettez que je passe devant vous pour vous montrer le chemin?

» Je vous tairai divers échantillons d'antiquité, un château sarrasin, une basilique normande, elle-même édifiée entre les jambes d'un temple à Junon. C'est ici. Nous voilà dans un désert, au bas de moraines pierreuses descendues des monts, sur lequel est posée, au loin, une lame brillante : la mer. Baissez les yeux. Par désœuvrement, à peine installé dans la propriété, mon frère avait fait reprendre cet été, c'est-à-dire il y a six semaines, des travaux puniques abandonnés depuis vingt-deux siècles. Et savez-vous ce qui arriva? Il découvrit peut-être le plus riche gisement de soufre et de sel gemme de toute la Sicile. Pas d'indiscrétion encore. Mon frère a fait seul les prospections, ainsi que les premières démarches. Naturellement il ne peut exploiter lui-même. Il se rend bien compte que le lotissement c'est l'insuccès; l'affermage aussi; sans parler des fonds immobilisés, en admettant qu'il en trouve. Aussi veut-il vendre.

De la poche de son raglan chaudron, derrière le corbillard et le parfum des couronnes de lilas entourant le cortège d'un printemps inactuel, Pastafina tira une sorte de résine.

— L'échantillon est d'une prodigieuse richesse; il s'enflamme à un mètre et brûle d'une belle flamme bleue. Quel punch, caro mio! Je me suis fait donner une option pour huit jours. Je partais pour la négocier à Londres lorsque je vous ai rencontré.

Lewis sifflota un bon moment, réfléchissant à la possibilité d'être renseigné sur la présence de minerais accessoires. Puis brusquement :

— Traces de mercure?

— Je ne crois pas.

— De baryte?

— Oui.

— Qu'est-ce que vous en voulez de votre option?

— Mille livres sterling.

— Quand puis-je vous donner réponse?

— Tout de suite. Sinon, je pars à trois heures, pour Londres, en avion.

Pastafina lâchait ses mots un à un, comme des cordes de guitare.

Lewis tira de sa poche son stylographe, et,

tout en marchant, sur son chapeau haut de forme il signa un chèque.

— Et maintenant, — dit-il, — sortons des rangs, comme au collège, et allons prendre un vermouth sans qu'on nous voie.

III

“ C’est à peine croyable ”, se disait Lewis, comme si les mots qu’il avait prononcés quelques heures plus tôt, derrière le corbillard, résonnaient encore à ses oreilles. Ni la réflexion ni la folie n’avaient eu de part dans sa détermination. Simplement, il avait été frappé, pendant que Pastafina parlait, du caractère tout méridional des abords de la Roquette. Jolies ouvrières en perles, habits loués, tourterelles, chansons en spirales, corsets. Lorsque la rue devenait un étroit couloir, le corbillard se traçait avec peine son chemin dans un excès napolitain de nourriture et de vie qui débordait sur les morts : plats du jour, vin doux, escargots, triperie fine. Il apprit plus tard que dans les passages adjacents vivaient des Bergamasques tourneurs de pieds de tables, et des Parmesans chauffeurs aux Raffineries Say, qui contribuent à donner à ce quartier son aspect italien.

N’était-ce pas ainsi, par des associations d’idées,

qu'avaient été menées ses plus heureuses spéculations? Il disait souvent : " Dans le doute, abstiens-toi de te servir de ta raison. "

Ce qu'il ne disait pas, c'est que la disposition des lettres d'un acte, l'heure à laquelle arrivait un télégramme, la mystique des couleurs, la symbolique des nombres intervenaient constamment dans ses décisions, pesaient sur lui dans les instants qui précédaient la signature d'un contrat. " Rien n'avait changé, disait-il, depuis le temps où l'odeur des boyaux d'un poulet décidait du sort d'un empire. "

Trois heures à peine s'étaient écoulées depuis que Lewis, en grand deuil, avait béni d'un goupillon indifférent la fosse où M. Vandémanque, comme un chef canaque avec ses armes et son casque de coquillages, était descendu à l'appel de son numéro d'ordre, en habit, bottines vernies et la Commanderie de la Légion d'honneur au cou, désormais gardé par des allégories en graphite.

Au sortir du cimetière, Lewis s'était frayé un chemin parmi toute cette nécropole, gare de triage où les wagons de marbre avaient à jamais bifurqué. Arrivé boulevard de Ménilmontant, il sauta dans un taxi, rentra chez lui, au rez-de-chaussée, par la fenêtre (les voisins étaient habitués), jeta à terre ses gants noirs, ses vêtements de deuil, qui restèrent comme un encrier renversé sur le tapis, passa un vieux jersey de golf, se coiffa d'un chapeau gris devenu jaune, siffla son chien et s'enfuit dans la forêt de Fontainebleau. Il acheta pour déjeuner et mangea tout en conduisant un énorme pithiviers qui eût calmé la gourmandise d'une famille nombreuse. Au lycée, à la caserne, aucune punition n'avait jamais pu l'empêcher de gagner le large par les derniers et surtout par les premiers beaux jours, quand le printemps dort à l'intérieur des choses, mais que déjà il est. Maintenant encore, chaque fois, ces rages d'école buissonnière le reprenaient. Il restait des heures assis dans les champs, à l'orée de la forêt, à respirer le sol près de grands bouleaux démontés, numérotés et rangés en stères, et qui portaient gravées dans leur chair rose, des initiales, comme les glaces des cabinets particuliers. Lewis se relevait seulement pour suivre le soleil, déjà trop horizontal, ou tirer des coups de revolver sur les corbeaux.

Assis parmi les blocs de grès erratiques qui collaborent à cette confusion de pierres et d'arbres qu'est la forêt de Fontainebleau, au milieu des fougères cuites par la gelée, des glands secs et des crottes de lapins, Lewis se vit sur une route blanche de Sicile, poussant du pied son ombre longue vers un champ où, parmi les chardons, le sol brillait de mille diamants : “ les yeux du sel ”, avait dit tout à l’heure Paštafina, du sel, frère du soufre.

Le soir fraîchit. Lewis se leva, se sentit fort. Il irait en Sicile. Il monterait une société anonyme avec titres cotés à New-York et à Buenos-Ayres, pour drainer les économies des émigrants italiens... Et même, en y réfléchissant, ne pourrait-il pas fournir les premiers fonds, sans faire appel à la Franco-Africaine? Il aurait là une affaire entièrement à lui. Son orgueil, depuis longtemps, désirait cela. En somme, il se payait une aventure... A ce moment, il eut comme l’idée qu’elle pèserait dans sa vie.

Ses oreilles, encore chargées du fracas des rues, se fatiguaient à ne plus entendre aucun bruit. Il alluma ses phares et rentra vers cette lueur rouge, ce trou plus clair repeint de rose, qui s’aviva dans la nuit à mesure que les pavés devinrent plus houleux : Paris.

IV

Lewis se laissa glisser le long des Champs-Élysées jusqu'à des rues neuves. Dans la plus neuve, la plus macadamisée, Mme Magnac avait sa maison. Il arriva jusqu'au vestibule, fit sonner sur les dalles blanches et noires ses souliers à clous, se regarda dans les murs en glaces (de beaux yeux bruns, durs et rapides, de la mâchoire, des cheveux massifs très noirs, en désordre, un gilet de chasse entrouvert), prit son chien sous le bras et monta l'escalier.

Elsie Magnac était une de ces personnes qui, non contentes d'imprimer à leur entourage — amis et meubles — un cachet de rareté voyante et de violente distinction, font déborder jusque sur l'escalier de leur maison l'excès d'un goût original. Dès le premier palier, un vase irisé insistait pour que le visiteur connût les splendeurs rigides des Aztèques; une lanterne de gondole, ornée de glands pris à un chapeau de cardinal, divertissait le deuxième étage.

Tout, chez Mme Magnac était implacablement parfait. Son nom sans éclat, le mystère dont elle s'entourait, les lettres de protestation qu'elle écrivait aux journaux, qui, par oubli des instructions reçues, avaient reproduit dans leurs " mondanités " les noms de ses invités, l'appareil tonitruant d'un incognito de reine, lui permettaient de ne point passer inaperçue.

Mme Magnac s'était consacrée, après un mariage malheureux, aux autels de l'amitié, s'offrant tout entière sur ce marbre froid. On se réunissait chez elle chaque jour à six heures (elle s'imposait d'être rentrée) pour une critique rigoureuse de la situation contemporaine et l'analyse des contradictions du cœur humain. Elle recevait les mêmes amis, affectant de leur devoir la vie à tous, ce qu'ils appréciaient beaucoup, surtout les vieux. Elle ne cessait de les voir que lorsqu'ils avaient fait un " sot mariage ", c'est-à-dire épousé des femmes trop jeunes.

Il y avait à terre plusieurs lampes comme des lampes de mineurs avant la descente, dont la lumière neutre montait le long des murs, dénudés par de volontaires renoncements. Loin de jeter des feux brutaux et géométriques comme les magasins, son salon ressemblait à ces palais des grands antiquaires, austères, anonymes, au travers desquels un seigneur aux mains exquises de lévite vous mène jusqu'à un hall tendu de moire grise, dans lequel repose, victime d'un choix accablant et parfait, un tronc de bouddha du IVe siècle.

Lewis entra lourdement et s'assit à terre, sans avoir dit bonjour, mettant devant le feu deux grosses bottes fumantes, installant entre ses genoux son chien qui répandit une odeur affreuse; un excès de recherche le poussait à se montrer négligé dans les endroits élégants, parce qu'il ne lui déplaisait pas de donner une impression de force et de mauvaise éducation. C'est ainsi qu'il dînait volontiers en veston parmi des femmes décolletées; à table, il demandait des choses compliquées qui interrompaient le service.

Non loin de lui, assis à son insu sur la bouche de chaleur, dont l'air tiède, pénétrant par-dessous, gonflait les jambes de son pantalon, se trouvait le prince de Waldeck. Le prince de Waldeck était ce que Pierre de Coulevain appelle *Vieille France* : figure ridée comme la plante des pieds, une lavallière, des bottines à boutons, une jaquette coupe Agricole; ne donnant jamais la main; l'air très méchant, beaucoup de cœur. Avec une grâce amère, il pouvait parler de tout agréablement, car il avait l'esprit faux. C'était un des derniers désœuvrés, un homme d'autrefois : le matin il faisait du fleuret, l'après-midi il recherchait les éditions originales du XVIIe siècle, puis les cartomanciennes ; c'était le seul homme qu'on vît encore dans un thé; le soir il s'habillait, même pour dîner solitairement. Il ne disait, par coquetterie, jamais son âge. Lorsqu'on le lui demandait, il répondait : " thuit! " en dévorant la première moitié du chiffre. On l'appelait *Thuit*. La journée ne se passait pas qu'il n'eût fait un mot par à peu près. Il pointait les obstacles au Concours hippique. Il lui arrivait aussi d'aller non pas au music-hall ou au cinéma, mais au théâtre : c'était toute une époque.

Au moment où Lewis entra, le prince finissait de raconter comment Mme Briffault, consultée l'après-midi, venait de lui prédire que la plus grosse partie de sa fortune, " qu'il avait dissimulée en Angleterre " (ce qui était exact) serait bientôt perdue.

— N'est-ce pas la faute de l'Internationale financière? — demanda-t-il en se tournant vers un ancien Président du Conseil actuellement sans profession, lequel rougit, gêné par toute apostrophe directe qu'il prenait pour une interpellation, et qui se tenait modestement dans le coin, comme un crachoir.

— Tu vois, l'anglophile, — reprit-il en s'adressant à Lewis, — ta sale livre sterling...

au grand ennui du capitaine de vaisseau Montgiscard, type périmé lui aussi de l'officier de marine amateur d'art, qui attendait qu'on lui demandât de jouer au piano les *Chants hindous* de Delage, et qui promenait ses doigts bagués de pierres dans une barbiche tactile, comme celles des poissons des grandes profondeurs.

— Mon vieux Thuit, — répondit Lewis, — ça n'a pas d'importance. Ce qui est amusant, c'est de faire des affaires. Que ce soit avec des coquillages, des billets de la Banque d'Angleterre ou des papiers dépréciés, c'est tout un. On est dans la vie pour jouer.

Lewis avait plaisir à voir s'allonger la figure de son camarade, que pourtant il aimait bien. Il sourit, car il connaissait la manie secrète du prince, qui était de faire des affaires. Plus elles s'avéraient absurdes et plus elles le séduisaient; Lewis aussi, mais là où il réussissait, Waldeck se ruinait. Il lui fallait toujours un million pour le lendemain matin. « Moi, répondait Lewis, j'ai plus vite fait d'aller gagner l'argent qu'il me faut que de chercher des commanditaires. » Ce n'est pas que Lewis fût taquin ni perfide; mais entre lui et ses amis, malgré une enfance dans les mêmes écoles, — (il avait été élevé aux Roches et à Winchester), une jeunesse passée dans les mêmes plaisirs, demeurait le malentendu de sa naissance. Français par sa mère, Lewis était le fils naturel d'un banquier belge, mort avant qu'il fût sorti du collège, lui laissant non seulement peu d'argent, mais des habitudes de très grand luxe, sans rien d'autre pour y porter remède qu'un peu de sang israélite, disait-on. Il n'avait jamais connu sa mère. Élevé par des domestiques, il en avait reçu des leçons d'indépendance d'esprit, d'ingéniosité et de scepticisme qui lui permirent très jeune de comprendre sa situation, d'en souffrir, et de s'en venger. Jamais il ne pardonna aux camarades de son âge, ce qui le séparait d'eux. En 1920, année où triompha, avec de cruels réveils, un curieux romantisme d'affaires, il était exactement ce que Balzac, près d'un siècle avant, appelle " un bâtard de banquier ". Waldeck, Montgiscard, Marbot, Léonardino étaient pourtant sincèrement attachés à Lewis. Ils l'admiraient et le jugeaient, sur presque tous les terrains, inimitable. Certains, assez jaloux, avaient essayé de s'aventurer jusqu'où il allait; il leur en coûta : comme les brebis suivent les chèvres sur la glace, mais, plus lourdes qu'elles, la rompent et se noient. Lewis voyait beaucoup ses amis ou, pour être plus exact, il en était recherché. Les aimait-il? Il eût très vivement ressenti leur perte mais il ne pouvait s'empêcher de les opprimer. Jamais pourtant ils ne l'avaient traité avec mépris, mais c'était du sort, de cette injustice première, que Lewis aimait à se venger. Il leur était supérieur par l'instinct vital, l'intelligence, la force sexuelle, qualités que la vie l'avait forcé à développer alors que les autres, beaux ou riches, laissaient périr les plus rares dons. Il se fût mis dans de grands embarras ou dangers pour leur rendre service, mais, en même temps, il ne lui déplaisait pas de les sentir à sa merci. Il les battait au jeu, il leur prenait leurs maîtresses, — et cela depuis douze ans au moins, — sans qu'aucune de ces petites revanches l'eût apaisé tout à fait.

— Waldeck et vous, Lewis, assez! Vous allez être à l'amende d'une tournée, — s'écria Mme Magnac, pour montrer qu'on était entre hommes.

Sous son impulsion la conversation changea, car il avait été décidé une fois pour toutes — cela faisait partie de *la doctrine* — qu'il ne serait, chez elle, jamais question d'argent. Elle désirait maintenir sa cour d'amour dans une atmosphère de malice, de scepticisme et d'agrément (— Ce qui est charmant chez Elsie, disait un vieil imbécile, c'est que c'est une anthologie, une chronique parlée).

— Est-il vrai que depuis la guerre les gens fassent l'amour de plus en plus mal? — demanda quelqu'un.

— Vous vous rappelez ce que disait là-dessus notre pauvre cher Hébrard... — répondit Mme Magnac.

Beaucoup se demandaient, à la voir si ondulée,

si bien faite pour le mari mondain dont elle était séparée, si semblable à ses photographies par Rehbinder, si fidèle envers les corps constitués et aussi les corps bien constitués, pour parler comme Marbot, chevalière de la Légion d'honneur, etc..., ce qui pouvait l'attacher à Lewis et Lewis à elle. C'est d'abord qu'ils étaient ensemble depuis longtemps (ce qui au début n'est pas une raison mais en devient une, la meilleure); ensuite que Lewis était beau. Elle était moins fine que lui mais plus raffinée; beaucoup de rayonnement, enragée pour le plaisir, pour les robes; une très bonne cave, ce qui touchait Lewis (" — il tient à elle, disaient les amis, comme un pochard à son réverbère "); pas mal d'invention et beaucoup de drôlerie dans l'intimité; ils se savaient en commun des penchants irrésistibles pour la gourmandise, la dépense et les jolies femmes.

La conversation continuait.

— L'amour, — observait le prince de Waldeck, — n'est plus cette industrie soignée que nous avons connue.

— C'est comme pour tout, on n'a plus le temps.

— On a oublié.

— Moi, — fit Elsie Magnac, — je ne crois pas qu'il y ait des hommes indifférents. Il n'y a que des femmes maladroites.

V

Lewis haussa les épaules pour montrer qu'il trouvait cette conversation stupide.

— Vous permettez que j'aille téléphoner à Martial? — fit-il brusquement. Il s'efforçait de ne pas être beau causeur, croyant que ne pas briller lui donnait plus d'autorité.

— *Nature*, vous connaissez le chemin.

Lewis sonna son bureau. Martial répondit. Lewis annonça qu'il ne dînerait pas ce soir-là avec lui et qu'il le laisserait seul, vieillard en face des deux Suzannes, au cabaret. N'étaient-elles pas toutes deux blondes comme du jute et agréables à nourrir?

— " A combien les actions Fidius ont-elles clôturé? Et après Bourse "?

Une dame avait téléphoné du Meurice, à plusieurs reprises, depuis une heure. Lewis se rappela ce rendez-vous avec une inconnue.

— Passes-y avant dîner, dis que tu es moi et qu'elle me fiche la paix, — ordonna-t-il à Martial.

Il n'avait ni la politesse ni le langage châtié des jeunes bourgeois, mais le ton des fils de grande famille.

Heureux Martial! Il ne se doutait pas de cela quand Lewis a fait sa connaissance en Orient par un gentil matin fleuri d'obus du printemps 1915 (encore une aventure géographique!). Docteur en philosophie et ancien cow-boy, Martial s'était engagé volontairement à quarante-deux ans, au même régiment que Lewis, et à quarante-six ans, il avait rengagé au service de celui-ci. Il lui avait voué de l'admiration, non pas que Lewis la méritât, mais parce qu'il avait donné un sens à sa vie. Cette camaraderie des camps prolongée dans la vie civile, ces dévouements d'un être simple pour un autre plus favorisé, on n'avait pas revu cela depuis le Premier Empire. Martial couchait au bureau, tenait les comptes, et n'avait pas pris en quatre ans une heure de congé. (Ce n'était pas un congé que de consoler toutes les belles que Lewis abandonnait.) Il ne quittait pas plus Lewis qu'un opérateur de prise de vues, son étoile. Il connaissait, par personne interposée, le bonheur. Lewis lui donnait de gros appointements mais les lui regagnait chaque mois au poker.

— A propos, Martial, j'ai du nouveau. Viens au rapport, dès l'aube, je te raconterai cela.

Ceci dit, Lewis rentra chez lui.

VI

Lewis rentre chez lui. Il a envie d'être seul. Il dîne d'un café au lait. Il se couche; sa tête fait une grande ombre au plafond.

Il ouvre un tiroir et sort un carnet rouge. C'est le répertoire de toutes les femmes qu'il a eues. Il y a quatre cent treize femmes inscrites depuis l'armistice, avec leurs noms, leurs adresses et des détails abominables; c'est ce qu'on peut voir de plus brutal et de plus affligeant; Lewis n'en fait pas mystère, sans cependant profiter de chaque aventure pour se faire une âpre publicité comme c'est le cas des générations qui suivent la sienne.

Il n'a pas eu le temps de rédiger depuis deux jours. Ce soir, il prend un crayon et écrit :

N° 414, le 22 octobre 1920, *à* 8 *h.* 10 *du soir.*

Mrs. James Fergus (Elisabeth, Mildred), Hôtel des Deux-Mondes, chambre 102; *vingt et un ans, divorcée; cherche un appartement. Blonde, ongles rouges, très jolie figure. Toute petite, très nue sous jersey de soie. Pas de poitrine. Belle bouche. Peau blanche très égratignée par endroits. Emouvant. Veines bleues. Amie de Monique Van Selden qui me l'envoie de New York; vient d'arriver à Paris. Je la trouve en train de déballer. Je la couche dans un casier de malle et je l'emporte sur son lit* (ici deux lignes impossibles à reproduire).

Lewis cherche à conclure. Puis, ne trouvant rien, relit, pour se distraire, les fiches qui précèdent.

N° 413, le 19 *octobre* 1920, *à 6 heures du soir.*

Jeanne de Roquebeil (Berthe, Alice), vingt-sept ans, 10, *avenue Kléber, infirmière à l'Hôpital B. Rencontrée place de l'Opéra. Mariée. Troubles nerveux caractérisés. Deux enfants. Littéraire. Connaît Pierre Benoit. Emmenée à l'Hôtel Atlantide, rue Pasquier. Forte poitrine. Tant pis. Venue ensuite deux fois, le* 20 *et le* 21 *octobre, chez moi. La première fois, flanquée dehors à deux heures du matin. La deuxième fois passée à Martial. On peut téléphoner le matin jusqu'à* 10 *heures à Elysées* 36-18.

“ Une singulière rencontre que j'ai faite là ”, pense Lewis. Ces femmes! Si leur angle de réflexion était égal à leur angle d'incidence...

Il tourne la page.

N° 412, Renoir (Ernestine), le 15 octobre 1920. Dix-sept ans. Crémière, passage Choiseul, N° 6. Vierge. Taches de rousseur. Peau très douce. Rencontrée dans la matinée, emmenée au Bois le même soir, etc...

Et au-dessus :

N° 411, Halphen (Georgette), le 14 octobre 1920. Vingt-huit ans. Première chez Callot. Brune. Très vache (sic). *Fume des cigares. Faite en voiture devant le Ministère de l'Intérieur. Passée à Martial, etc...*

Il jette le carnet rouge sur la descente de lit. Elles se suivent ainsi, complaisantes, passionnées, crédules, tristes, trop bien nourries ou affamées. Par nervosité, ennui, Lewis mène ses aventures avec une rapidité cinématographique. C'est à peine s'il prend le temps de distinguer les " petits rôles " de la " figuration intelligente ". Pourtant il s'étonnera d'être voué aux déceptions. Des femmes : il lui en faut tout le temps, il ne sait pourquoi. Il lui en faut pour les regarder de profil, pour les inonder de cadeaux, pour les enivrer, pour cultiver leur esprit, pour les profaner, pour leur faire le caractère, pour les congédier, pour passer ses colères, pour garder le lit et les mettre pendant quelques jours au courant des littératures étrangères, pour ne pas manger seul, pour se réveiller, franchir de mauvais pas, poursuivre la vérité, pour voyager. Pour voyager surtout. C'est là qu'elles sont le plus agréables, toujours plus souriantes qu'ailleurs. Les voyages ne commencent-ils pas par des robes, pour finir par d'autres robes? Ces infidélités à tant de villes, de gens, de paysages; autant de plaisirs que de draps différents.

Partira-t-il seul pour la Sicile? C'est pourtant un voyage à faire avec une femme. Un objet de fantaisie, une petite bête très jolie — " ayant appartenu à divers amateurs ", comme disent les catalogues des commissaires priseurs —, très fine d'attaches, qui parlerait tout le temps d'elle-même, perdrait ses clés de malle, écrirait son nom sur la buée des vitres, qui attendrait qu'on descende lui acheter *des choses du pays* à chaque station?

Non, il partira seul.

Lewis ne dort presque jamais, à peine quelques heures vers la fin de la nuit. La maison est silencieuse. Dehors, il pleut. Trois heures du matin viennent de sonner. Voici venir le bon moment pour travailler. Il tire de dessous son oreiller : *l'Etude sur la possession du sous-sol dans les législa-*

tions européennes : l'Italie... Code Napoléon, Loi Recconi, 18 *mars* 1873.

Il annote dans les marges, puis met ses lunettes et rédige un projet de contrat pour l'exploitation des gisements de San Lucido.

VII

Rapidement, et à la fleur de l'âge, le chemin de fer P.-L.-M. venait d'enlever Lewis à la vie de Paris. Après le campanile de la gare de Lyon, pendant le dîner, passent les gracieuses esquisses fluviales de la Seine à Charenton (péniches); puis l'enivrante descente des crus bourguignons; ensuite la nuit avait duré jusqu'à l'Italie.

Lewis connaissait l'Europe pour l'avoir parcourue en homme d'affaires, souvent imparfaitement, toujours en hâte, sans jamais ouvrir ses yeux ou son cœur. Il savait les indicateurs et les parcours, bien qu'il aimât mettre en déroute les itinéraires fixes et les coupons combinés. Il sacrifiait la profondeur à l'étendue, et, comme tous ses contemporains il était, lui et ses nerfs, victime de l'esprit de vitesse. Son goût pour les affaires n'était que le goût de l'aventure. Il travaillait comme il eût joué, anarchiquement, individuellement, sans tenir aucun compte des besoins des pays ou de l'époque. « Je me fiche, écrivait-il à Martial, de l'essence des choses. »

Lewis aimait sortir de France, sinon de Paris; ce « cosmopolisson », pour parler comme M. Vandémanque, avouait se sentir bien plus dépaysé hors des fortifications qu'hors des frontières.

Quitter son pays est la plus grande joie, après celle d'y rentrer. Dès Modane, il avait goûté cet air nouveau qu'on respire aux portes de la France, tout comme si elle n'était pas le plus doux séjour — (à cause de cela sans doute) —, ce plaisir d'être avec quelqu'un ou avec quelque chose dans des rapports difficiles, tendus, mais plus précieux et dont l'expression « être en délicatesse » rend le sens. Les autres pays ne sont que des morceaux d'un continent, du monde; la France est un vase clos, un aliment complet, qui intéresse l'Europe mais que l'Europe n'intéresse pas. L'on sent trembler des villages allemands aux moindres manœuvres d'un corps d'armée russe, l'Espagne elle-même s'émouvoir d'un coup de feu sur un de ses gouverneurs dans les présides marocains. A plus forte raison trembler de la grande nervosité mondiale Londres, à l'annonce d'un puits de pétrole nouvellement foré au Mexique ou d'un assassinat politique au Punjab. Mais Paris, l'égoïste Paris, reste lui-même. Les secousses universelles arrivent fictivement aux agences, passent aux salles de rédaction, aux caricaturistes, de là à un public rieur qui les met en couplets. Quant aux esprits les plus fins, ils n'ouvrent jamais un journal. Aussi a-t-on plus qu'ailleurs, en sortant de France, l'impression de s'échapper, de se tirer à propos d'un bonheur domestique, d'éviter ce danger qu'il y a à vivre avec une femme qui vous suffit.

Partout, la frontière passée, c'était l'Europe qui commençait. Les portes mêmes de la France en prenaient un caractère singulier et malgré les douaniers, n'étaient déjà plus tout à fait nationales. Un instant se levait, pont-levis, le pointillé des cartes; c'était Menton-Garavan, voué au bleu, où les gabelous fument, dans une hutte en palmiers, à leur croisée; les pantalons de treillis sèchent sur les bougainvilliers et une plaque indique que la France date là de 1861. Un torrent chanteur coule dans le roc fendu, troué de ces cavernes où dort le premier homme parmi des silex et des dents de cheval. A Modane, où Lewis avait passé, quarante-huit heures plus tôt, c'est, au-dessus d'un torrent de bronze, un froid couloir de pierres mouillées où les fougères glissent le long des vitres du wagon : deux langues, un seul rail. Frasne-Vallorbe, où commence ce paysage d'eau glacée, de sapins noirs, de prairies mornes, qui va prendre toute l'Europe en écharpe. A Kehl, ce pont, magnifique travail germanique, tour Eiffel en hâte jetée en travers du Rhin. Jeumont, Feignies, les issues vers la Belgique, où convergent pendant la nuit comme à la sortie d'une actrice, les projecteurs des douaniers sur les crassiers dressés contre des canaux impitoyables. Sans parler des trouées vers l'Espagne : Port-Bou et ses forts Vauban, roses désaffectées, livrés au commerce des fûts de doux vins médicaux; Behobie et le bruit des klaxons espagnols remontant les gaves pyrénéens; Hendaye et le Pont International, où la *guardia civil* passe à la gendarmerie les extradés. Partout Lewis eût pu sortir de France, gagner sa liberté les yeux fermés.

VIII

“ Ma présentation, en cette tenue de maraudeur aquatique, je la peux tenter, avec l'excuse du hasard. ”

(S. MALLARMÉ. *Le Nénuphar blanc.*)

L'hôtel, si l'on peut appeler ainsi le vieux couvent où, sur le carreau des chambres, les cancrelats se suivent comme les motifs d'une décoration au pochoir, l'hôtel avec toutes les tragédies du sud : draps trop courts (celui du dessus cousu à la couverture), traversins de pierre (où l'on se réveille avec les oreilles écrasées), odeur de désinfectant, nuits à la bougie où les grandes ombres des chasseurs de punaises dansent sur le crépi des murs, trous par où les moustiques entrent dans les moustiquaires, sans parler de l'huile fruitée des veilleuses...

Ici, la ville et le port ont des noms différents; on ne comprend pas pourquoi, puisque la mer est au bout de la rue. Mais si l'on veut descendre sur la grève, comme Lewis le fait chaque matin depuis son arrivée en Sicile, on s'aperçoit qu'il faut quarante minutes de marche sur une route perdue sous une farine épaisse que fleurissent les pattes de la volaille, puis par des sentiers encaissés, escaladant ces mêmes terrasses qui vont de Gibraltar à l'Atlas et de Toulon au Liban et font ressembler les bords de la Méditerranée aux gradins d'un même cirque géant. En arrivant en bas, à la mer, l'on s'aperçoit que l'on était, tout à l'heure, dans le village, au niveau de l'horizon et l'hôtel lui-même n'est plus qu'un dé enchâssé dans un bloc de ciel si dur que la lumière s'y brise, ne réussissant à empoigner, pour les pénétrer, que les objets les plus immédiats, les moins défendus.

Lewis nu, étendu, coiffé du « *Mattino* » plié en chapeau de gendarme, les hanches serrées dans une serviette éponge, attendait que sa peau eût pris la couleur du minerai de fer; viendrait ensuite une marche sous le soleil de deux heures, pour remonter jusqu'à sa chambre. A trente mètres du rivage la fraîcheur se volatiliserait, mais jusque-là, il lui faut bien avouer que ce sera le meilleur bain de l'année. Une plage à déclivité douce continuait sous l'eau; le sable était si chaud, — bien qu'on fût à la fin de l'automne, — qu'après onze heures il fallait choisir sa place et n'en plus bouger, au risque de se brûler. Au-delà, n'y avait-il pas, à quelques heures de mer, l'Afrique? Des jardins sans herbe descendaient vers la grève où des oliviers qui n'avaient que la peau sur les os, s'étiraient hors d'une terre fendue, couleur de pain.

Le matin même, à son réveil, Lewis avait reçu la visite des frères Pastafina. Le journaliste avait abandonné cette féroce élégance, simili-américaine (dont les Italiens ont été, surtout par le film, les premiers pionniers en Europe), et était redevenu le cavaliere Pastafina avec ces larges pantalons de la comédie italienne, — dont la mode commence à la latitude de Naples, — des manchettes de celluloïd et un col échancré sur des mamelles herbeuses. Le suivait son frère, le commandatore Pastafina, sorte de Maciste électoral à l'œil liquoreux, au geste généralisateur, joues, ongles et brassard noirs, cheveux huilés, terminés par des accroche-cœurs, vêtu de cet uniforme de toile blanche boutonné sur le côté qui fait prendre beaucoup de Siciliens pour des officiers de marine en disponibilité.

L'option sur les gisements expirait le soir même à huit heures. Lewis avait pleins pouvoirs, puisqu'il avait agi sans consulter personne, certain de ne pas avoir à fournir tout le capital appelé, car l'affaire devait immédiatement prospérer. Il s'était rendu compte, la veille encore, sur place, avec les ingénieurs, de l'excellence de la combinaison : exploitation presque partout à ciel ouvert, sauf à l'ouest où étaient les puits anciens qu'on pouvait relier par des galeries en pente douce; ni boisages ni soutènements coûteux; de la main-d'œuvre, excepté peut-être pendant la moisson; une production possible de cinq cents tonnes par jour et un bénéfice de soixante lires net par tonne extraite. On avait procédé à trois sondages, tous trois satisfaisants. La nuit, Lewis avait découpé des morceaux de papier bleu représentant la future usine, le magasin, les laboratoires, avec l'enthousiasme d'un jeune ménage distribuant ses meubles sur le plan d'un appartement nouvellement loué.

Néanmoins il demanda une prorogation afin d'étudier l'affaire de plus près, notamment au point de vue de la concession éventuelle par la municipalité d'une voie mixte à la mer, pour le transport des voyageurs, qui devait servir à amortir les frais d'établissement.

Les frères Pastafina, sans se regarder, prirent un temps et répondirent qu'ils n'avaient pas qualité pour accorder de délai. Le portrait du roi Humbert, en chromo, fixé au mur par un clou, une punaise et un pain à cacheter, supporta leurs serments. Un renouvellement d'option était impossible. On convint donc de signer le soir même à cinq heures, après la sieste.

Lewis était entré à l'eau deux fois déjà. Le sel mordant ses épaules, sa peau commençait à luire. Les paupières closes, toutes roses, avec des battements noirs coupés d'éclatements lumineux, Lewis écoutait cette bourdonnante chanson, si spéciale, des bains de soleil. Il pensait à ce mot d'aveugle : " J'entends le soleil. " Il ouvrit les yeux. La lumière tombait, verticale, comme d'un vitrage d'atelier. Trop clair pour être la lune, mais aussi triste, couleur de chlore, le soleil, déplumé, ne jetait pas de rayons. La mer, sournoise et calme comme un sous-produit oléagineux, avait cette teinte glauque de la mer du Nord à Ostende; il s'en étonna, oubliant qu'il portait des lunettes vertes. Il les ôta, et reçut la blancheur du Sud, avec toutes les ombres mangées, comme un coup de poing entre les deux yeux. Le *Mattino* sur sa tête commençait à sentir le brûlé. Il se remit à l'eau.

Arrivé à une cinquantaine de brasses du rivage, Lewis vit devant lui, à une distance égale, une barque conduite à la godille par un marin. A l'avant, à plat ventre, une femme pêchait; penchée, une ombre au milieu de la poitrine, elle laissait tomber sa ligne. Elle était vêtue d'un maillot noir, hors duquel sortaient des bras et des jambes ombrées de muscles maigres, assez secs et très bruns. Elle était casquée d'un bonnet de caoutchouc rouge. Lewis l'admira. Elle avait cette belle couleur terre cuite des peaux méditerranéennes, alors que lui n'était encore que le barbare aux chairs blêmes. Il nagea vers la barque. C'était sûrement une étrangère, pour se baigner si tard en saison (dès la fin d'août, les Italiens n'entrent plus à l'eau). Bientôt il s'aperçut que la femme ne pêchait pas : elle sondait, et, prenant des notes, elle semblait relever des fonds.

“ Dresse-t-elle une carte marine? ” se demanda Lewis en se mettant sur le dos et, par désinvolture, crachant l'eau comme un cétacé. Il nagea encore. Comme il approchait, la jeune femme rentra du doigt quelques mèches sous son bonnet, sans avoir cependant levé les yeux sur lui. Lewis fit encore quelques brasses, et s'attachant à la barque :

— Vous permettez, Madame? — demanda-t-il.

Au-dessus l'azur frappait un grand coup. Sur le flanc de la barque, l'eau faisait courir un lumineux et mouvant filet. Jusqu'à lui venait le bruit des sonnailles de mules, des plus hauts sentiers. Sur chaque vague, il y avait une étoile, infiniment plus vivante que celles des nuits. Des dauphins, au loin, poursuivaient leurs jeux liquides. Œufs sur le plat sans maître, des méduses flottaient à la dérive. Un petit nuage se trouvait suspendu au-dessus de la montagne comme un dais jésuite sur la tête d'un métropolite. Tout en relevant sa sonde, elle se pencha enfin sur Lewis et le regarda : dans une figure de fer, des yeux d'un gris pâle, décolorés par l'extrême lumière, si francs, si doux, et pourtant si incapables de jamais reculer, qu'il sentit l'eau se refroidir. Il marqua qu'il n'était pas encore reposé, en prenant bruyamment haleine.

— Il est fatigué? — demanda-t-elle simplement, en italien, d'une voix dont la perfection le frappa comme avec le poing.

— Non, madame. Mais je souffle... Pas d'entraînement. Trop de cigares.

Lewis leva les yeux, et ne la vit plus. De l'autre côté de la barque, il entendit seulement un éclaboussement et fut couvert d'écume. En se retournant, il s'aperçut qu'elle nageait vers le rivage. A son tour, il s'élança : il approchait, et l'on voyait le fond, sur lequel l'ombre de leurs deux corps se portait, réfractée. Elle avançait plus vite que lui, car elle nageait à l'indienne, les bras raccourcis, la tête sous l'eau (on voyait alternativement sa joue droite, puis sa joue gauche), les jambes, tendues en balancier, battant la surface. Lorsqu'elle eut pris pied, elle avait gagné sur Lewis vingt longueurs. Il la vit alors se réfugier dans un peignoir jaune que lui présentait un gamin. Elle souriait. Près d'elle était un panier de figues, couvert d'un linge mouillé, et une boîte à sandwiches, en aluminium.

Lewis n'ayant pas de serviette se roula dans le sable, puis, quand il en fut vêtu, alluma une cigarette et, sur la plage devenue plus brune depuis que des pêcheurs y avaient mis leurs filets à sécher, il se coucha.

Très près, elle s'étendait sur le ventre, écrasant son ombre sur une serviette éponge, les jambes jointes, les bras au-dessus de la tête, comme pour plonger encore. Des veines bleues lui montaient le long des cuisses pareilles à des serpents tatoués. Les cheveux noirs étaient rejetés sur le sable, découvrant la nuque.

Suffisamment cuite elle se retournait et offrait l'autre face. Alors elle ressemblait à un poète romantique anglais noyé et rejeté par la tempête. Elle essuyait ses yeux trop salés.

Des frelons passaient à ras du sol. D'un geste, Lewis indiqua la mer sous laquelle s'enfonçaient, en taches violettes, les rochers sous-jacents :

— Puisque vous m'avez battu, vous me devez bien ma revanche.

— Vous l'aurez ce soir, monsieur, — répondit-elle en français.

IX

Autour d'une table d'ébène (qui se révéla de marbre blanc lorsqu'un coup de torchon en eut chassé les mouches), les jalousies closes, au bruit des cigales, le notaire lut l'acte de vente devant les frères Pastafina, le Syndic et Lewis, qui signa. Six millions de lires, plus les frais de vente, plus les commissions, plus une contribution d'État, plus des taxes d'enregistrement, de séjour, de tourisme, plus des impôts municipaux, plus un droit des pauvres, des centimes additionnels, un pourcentage pour les mutilés, etc... Témoignage d'une exploitation prochaine, à terre gisaient des photographies de levées de plans, avec courbes de niveau. Sur la cheminée, une boîte à chalumeau, des échantillons, une bouteille de marasquin.

Lorsque les signatures eurent été échangées, le journaliste saisit Lewis par le bras et l'accompagna jusqu'au garage. Lewis voulait une automobile pour explorer le pays. Au garage, il apprit qu'une dame étrangère avait loué la seule voiture dont disposât le bourg. Oui, elle était partie aussitôt après le déjeuner, conduisant elle-même (ce qui étonnait dans le Sud, où le plus modeste chauffeur ne se déplace qu'avec un « adjoint » qui met en marche, pour épargner les forces du conducteur).

— Rentrons donc prendre un verre à votre hôtel. Je descends avec vous, — dit Pastafina.

Il ajouta, lyrique :

— Voici le début de la saison; il neige à Paris, mon cher. Déjà les étrangers arrivent ici, après s'être demandé s'il vaut mieux s'ennuyer à la campagne ou se porter mal à la ville. Les barbares descendent une fois de plus vers les cités du soleil, de l'art et des belles maladies. La Sicile, voyez-vous, c'est bien une terre de demi-dieux et de géants, malgré les écoles de dentelles des vieilles anglaises.

« Pastafina a raison », — pensait Lewis, descendant ces ruelles populaires, épaisses comme une soupe, où des cabanes badigeonnées de ce bleu à lessive qu'on retrouve dans tout l'Orient, poussaient, parmi les eucalyptus. Et partout cette sauce tomate déployée comme un pavillon national! Il s'arrêtait dans les impasses les plus sales où fermentait un humus fait de citrons pressés, de rats morts, de plumes de poulet, de vieilles semelles, de cheveux gris, d'arêtes de poissons. Des cochons dormaient sous les lits. De petits pâtres trop beaux poussaient, avec un jonc à déboucher les éviers, des chèvres liées par une patte, les injuriaient dans ce dialecte sicilien à mots espagnols. Une brise légère, devant la prison, agitait les plumes des factionnaires bersaglieri.

Lewis aurait voulu caresser des enfants, des chats; les uns et les autres se sauvèrent. Il se reprocha alors de ne pas être assez simple. Fallait-il vraiment ne jamais s'arrêter à tout cela, à une vie douce? Qui l'eût empêché de venir se fixer ici, de posséder une villa au milieu des jarres à huile géantes et des fûts de colonnes brisés? Courir les aventures locales et ne pas repartir le lendemain, comme il l'allait faire, sans avoir poursuivi avec méthode les chances qui s'offrent à tout homme qui prend le temps de les exploiter.

Celle de ce matin, par exemple. Il se référa à des précédents, ce qui ne lui arrivait jamais; il se demanda (c'était bien la première fois) : " Viens-je de commettre une bêtise, ou ai-je bien fait de signer? " Pour la première fois aussi quelque chose en lui demandait à réfléchir.

Comme s'il eût deviné sa pensée, l'Italien l'arrêta.

— Je suis d'autant plus heureux que vous ayez conclu, — dit-il, — que si vous n'aviez pas mis votre nom en bas du papier, d'autres étaient *sur* l'affaire; une option nouvelle avait été accordée par nous, qui commençait ce soir à huit heures, à l'heure où la vôtre finissait. Je peux vous dire qu'en un tournemain l'affaire aurait été enlevée.

— Peut-on savoir par qui? — interrogea Lewis.

Pastafina un moment hésita.

— ... Par la Banque Apostolatos, de Trieste.

X

En attendant le dîner, Lewis se promenait sur la terrasse déserte. Il faisait bleu. A mille pieds au-dessous de lui il voyait la mer. Elle jetait au rivage de petites vagues courtes avec une telle lassitude que chacune semblait la dernière, après quoi l'on s'attendait à la voir devenir, d'un coup et pour toujours, un grand lac muet. Un lézard fit crépiter des feuilles sèches; les murs, chauffés tout le jour, à la tombée de la nuit, refroidissant, craquaient comme un poêle qui s'éteint. Par les chemins en lacets qui montaient jusqu'à lui, contournaient l'hôtel et continuaient, Lewis voyait de vieilles femmes revenir de la fontaine, une jarre sur la tête. Tremblé comme une signature paysanne, le rivage souligné de lumières s'efforçait à un tracé rectiligne que coupaient les ports.

La revoir?

Lewis n'échappait à aucun de ces problèmes

monotones et charmants qui surgissent entre deux êtres mis par le destin en prise directe. Il eut conscience de cette anesthésie locale qui s'étend à toutes nos pensées, autres que celles qui nous absorbent, en constatant qu'il ne parvenait pas à s'intéresser à l'achat de la mine. Quel que fût le sujet qu'il abordât, il se perdait en rêveries. Il pensait à cette étrangère. Sans doute avait-elle loué l'automobile par désœuvrement? Que faisait-elle toute seule en ce pays? Où passait-elle sa soirée? Déjà il avait oublié ses traits. Son image était tombée avec la nuit : il doutait qu'elle remontât, le lendemain, avec le soleil. Elle était perdue pour lui. Il chercha à se souvenir très précisément. Tout à coup il se rappela un point lumineux, parfait, qui sur le moment ne l'avait nullement frappé : sa main, aux ongles violets, après un long séjour dans l'eau froide. Main courte, où le bon sens sur le rêve l'emportait; un grand pouce, pourtant assez rare chez les femmes, plein de raison, mais des doigts fuselés, toujours joints. Ensemble de loyauté, de fidélité, d'intelligence rapide et claire qui, au raisonnement, le conquit. Une main utile. Une main du XVIIe siècle. Il en avait tant tenu de ces mains, sensuellement modelées, trop agréables à suivre dans leurs plis, coupées de fossettes, traversées de caprices, que la musique ou le plaisir faisaient moites.

La revoir. Toucher enfin cette main... Pour se distraire, il composa une chanson dans le goût allemand :

> J'ai rencontré une sirène.
> Cela laisse aux lèvres un goût de poisson...

Il s'aperçut tout d'un coup, avec regret, que personne ce soir ne l'attendait nulle part. Il pensa à Mme Magnac, à Paris. Cette vie agréable qui était la sienne, de loin, lui apparut faite de privations. Il crut avoir mené jusqu'alors une existence très dure; enfance sans femmes, jeunesse sans parents, et s'apitoya un peu. Il espéra que des jours plus doux allaient venir. Il se fit des déclarations d'amitié; il avait bien appris à vivre, éloigné de lui les grands dîners, les heures de bureau, les crises de domestiques, la conversation des beaux parleurs, le mariage, les scènes de maîtresses et autres cambriolages de sa liberté, le snobisme, cette taxe de luxe, les besoins d'argent de ses amis, les enfants, le dédain des gens vaniteux, l'envie des inférieurs, c'est-à-dire presque tout ce qui gâte nos jours. Mais cela était négatif, insuffisant.

Le soir tombait, accompagné d'une musique venue on ne savait d'où; une persienne s'écrasa contre le mur avec un bruit d'osselets; les vieilles horloges battaient l'une après l'autre des heures de fer, dangereuses armes.

Au-dessus de la rue du village, la montagne continuait de dresser une croupe sombre, portant sans plier les vieux quartiers, et si haut qu'il n'y avait pas d'interruption entre les fenêtres les plus élevées et les plus basses étoiles.

XI

Un garçon sortit de la baie vitrée du restaurant, badigeonnée de bleu et présenta à Lewis, familièrement, entre ses doigts (service d'été), une carte de visite :

Banque Apostolatos.

Trieste.

On demandait à le voir. Il faillit répondre qu'il était absent, puis se ravisa.

C'était elle.

— Je viens en voisine. — J'habite l'annexe.

Lewis la salua, se félicitant de cet impromptu. Puis, soudain, sans amabilité :

— Qu'avez-vous à faire avec la Banque Apostolatos ?

Elle répondit, sans se déconcerter, qu'elle se nommait Apostolatos, Irène Apostolatos, que les Apostolatos de Trieste étaient ses cousins germains, que tous trois ils dirigeaient ensemble la Banque.

Les Apostolatos de Londres étaient ses oncles; les Apostolatos de New York (qui avaient épousé, l'un une Lazarides, de Marseille, l'autre une Damaschino, d'Alexandrie) ses grands-oncles. Toute la famille d'ailleurs avait une origine commune et était des Iles.

— Que fait ici la Banque Apostolatos? — demanda Lewis, comme s'il ignorait les patients efforts du groupe grec pour mettre la main sur les produits miniers méditerranéens. Il connaissait la réputation d'âpreté et de solidité de cette vieille maison qui datait de l'indépendance.

— Pastafina ne vous a-t-il pas dit que nous avions une option, après la vôtre, sur les gisements de San Lucido? J'étais seule à Trieste quand on est venu offrir l'affaire, il y a huit jours. Elle m'a paru extrêmement intéressante; un de mes cousins était à Vichy, l'autre à Constantinople; j'ai pris un « celere » du Lloyd qui allait à Malte, d'où je suis venue ici.

— Maintenant que j'ai signé?

— Je repars demain; c'est pourquoi il n'y a pas de temps à perdre. Je suis venue vous trouver, monsieur, pour vous proposer de vous racheter les gisements. Combien en voulez-vous?

Lewis la voyait mal, éclairée par une lampe de jardin autour de laquelle des papillons dansaient, portaient soudain sur sa figure une ombre volante.

Sa robe était de ce tulle jaune, raide, qui protège les suspensions contre les mouches. Lewis sourit en pensant aux jolies robes souples que Welsm lançait cette année-là, à Paris. Cependant, telle qu'elle était, debout devant lui, les jambes un peu ouvertes, le ventre en avant, la poitrine dressée, elle ressemblait à une victoire.

— Vous permettez que j'éteigne, à cause des moustiques ? — dit-il.

Soudain ils se trouvèrent dans l'ombre, un homme et une femme; deux visages séparés par des grilles.

Le paysage n'avait pas moins changé qu'eux. Les contreforts de la montagne sortirent violemment de l'obscurité, y laissant plongés les ravins qui les séparaient. Sur la place de l'église et plus bas, aux Giardini, des fanfares municipales jouaient — c'était un jeudi — deux airs différents d'un même opéra de Verdi. Sur la mer, tremblait un diadème de phares à l'acétylène, allumés à l'avant des barques. Par instants, la projection était coupée d'un éclair sombre : le bras du pêcheur au harpon.

Ils se trouvaient tous deux en équilibre, au centre des masses obscures du ciel et de la mer, d'un double éclairage, l'un géométrique, sur terre, le long des trottoirs, l'autre désordonné et poétique, au ciel.

Elle continuait :

— La Franco-Africaine ne pourra exploiter des gisements comme ceux de San Lucido, qui nécessitent un outillage perfectionné, des spécialistes. Vous serez amenés à revendre ou à fonder une société nouvelle. Peut-être en avez-vous déjà l'intention? Je sais que ce ne sont pas les capitaux qui vous manquent, mais enfin... Préférez-vous une participation? Conclure un accord ou, comme l'on dit en grec, " une symphonie "? Vous seriez intéressés pour 30 p. 100 dans le capital, mais avec des actions à vote plural? Ici, il vous faudra continuellement être pourvus de lires et Trieste est une place dont le concours n'est pas à dédaigner.

— Surtout parce que les courtages italiens sur les changes vous sont particulièrement favorables, étant supportés pour un quart pour cent par l'acheteur?

— Nous ne sommes pas des Italiens, monsieur, — dit-elle avec hauteur, — mais des Grecs, et notre courtage est le courtage anglais.

Lewis la regardait, phosphorescente. Il croyait, jusqu'à ce qu'elle eût souri, que rien ne pouvait être plus clair que son visage; une grande figure grecque, aux lignes vives, comme les camées trop neufs des boutiques du Vomero. Une bouche droite, honnête, une bouche à dire la vérité; des yeux qu'on n'imaginait pas devoir être baissés et qui regardaient plus fort et plus loin que les yeux des femmes. Des cheveux noirs, serrés comme ceux de ses sœurs en terre cuite. Et pourtant un certain romanesque mil huit cent trente sur le front...

— En tout cas, — reprit-elle avec insistance, — seriez-vous disposés à nous céder, pour le moment, une partie de vos titres? Nous pourrions vous apporter, en échange, des concours de premier ordre.

D'une netteté qui annulait tout ce qu'on dit sur la musique des paroles, tout ce qu'on sait des mots : un français incomparablement pur, c'est-à-dire un idiome précis, courtois, articulé et riche en nasales métalliques, sans le moindre accent, sans ces vices de forme, ces raccourcis à la mode, ces veuleries de l'usage. Quelque chose de fort sans violence, de si digne.

Pendant qu'elle parlait, Lewis se demandait comment il pourrait lui poser ces questions qu'il avait accoutumé de poser aux femmes, avec cette autorité familière et badine qui lui réussissait. Mais il sentait qu'elle ne répondrait pas ou qu'elle dirait la vérité pure (y en a-t-il donc une autre?) et il n'osa pas.

Pour la première fois, il eut l'impression d'avoir

en face de lui une personne *sûre*, n'émettant que des sentiments garantis par une encaisse.

Toutefois, dans la nuit, la voix s'animait, s'altérait un peu, décelait une volonté.

Lewis s'aperçut alors qu'il n'avait aucunement écouté ce qu'elle disait, attentif seulement au son des paroles ; il lui devait une réponse.

Un jasmin fit soudain retentir son parfum à deux temps.

— Je regrette, madame, — fit-il, — mais tout ce que vous suggérez est impossible. Nous avons décidé d'exploiter nous-mêmes.

DEUXIÈME PARTIE

I

Quand Lewis se réveille il n'a pas les paupières chargées des buveurs de bourgogne dont les reins, toute la nuit, ont travaillé, ni les yeux rouges des liseurs, ni ces cercles violets des amoureux, anneaux nuptiaux, ni les mèches poissées des danseurs au lendemain d'un bal, ni cette peau des joueurs où l'on voit les reflets du tapis vert. Hors des draps sort une forte figure de trente ans, irrégulière, qui, soulevée par l'arête âpre du nez, descend ensuite en pente douce le long des joues. La barbe, en repoussant, accuse, alourdit les assises de la mâchoire.

Lewis n'a pas de mobilier de bureau ; ni de table de travail. Ni classeurs américains, ni tapis de

Smyrne, ni fauteuils en peau de vache façon porc. Il n'a jamais créé ailleurs que dans sa chambre à coucher, comme une poétesse. Les mêmes meubles qui le voient être malade, rêvasser parmi les livres tombés à terre, ne pas sortir pendant des jours ou traiter des compagnies singulières, assistent aussi à son labeur d'homme d'affaires. Dans une armoire de Boulle, il y a un tiroir pour les dossiers, un autre pour les mouchoirs, un pour les fiches, un pour les brosses à cheveux, un pour les rapports d'ingénieurs, un pour les opérations à terme (les chèques sentent la brillantine). Quand Martial entre le matin, il a plutôt l'air d'un ami de province de passage à Paris, venu en visiter un autre, par désœuvrement, qu'un secrétaire avec le courrier. Si Lewis a découché, Martial trouve un billet sur l'oreiller avec les instructions pour les achats et les ventes à l'ouverture des cours, les gens à recevoir, etc.

Mais bientôt la maison s'emplit, car on sait trouver Lewis chez lui, le matin. Voici des clients, des remisiers, des coulissiers, des agents de change. Le téléphone sonne sans arrêt, de façon aigre, querelleuse, au milieu de la grêle lettrée des Underwood. Un standard est installé à la tête de son lit, qui le met en rapport avec ses bureaux, ses ingénieurs, le box en Bourse. (Quand il se réveille tard il peut entendre au fond de ses draps le bruit de marée que font les cris de l'offre et de la demande.) Toute cette agitation, ce confort moderne, cette vie de violence, de dépense nerveuse et de spéculation, font contraste avec cet hôtel d'un XVIIe ventru, endormi dans une rue verte de la rive gauche. Par les fenêtres se déplie un jardin de Le Nôtre, exactement reconstitué (jusqu'à sa pergola en ciment armé) par les propriétaires actuels, des Mexicains. Les arbres et les bassins sont bleus de gelée, car cette fois-ci c'est bien l'hiver. De la Sicile il ne reste plus rien que, dans une coupe, des échantillons de soufre étiquetés, et au ciel de rares échantillons d'outre mer.

De son lit, Lewis dicte, précisant les éléments d'une question contentieuse.

— Je ne suis qu'un artisan en chambre, — dit-il. — Je ne travaille pas pour " tenter la fortune ", être un " roi de l'or ", avoir " la puissance que donne l'argent " et autres expressions de la presse des concierges. Je m'amuse à travailler. Négocier un emprunt me distrait plus que de faire de la voile, dresser un acte de société, plus que de jouer au poker. Voilà tout.

Lewis n'a pas présenté au Conseil d'Administration de la Franco-Africaine les résultats de son voyage en Sicile. Il a réuni, comme il en avait l'idée, car il est têtu, des capitaux et fondé une Société anonyme par ses propres moyens; les actions sont à l'impression. Dès qu'elles seront libérées intégralement, il obtiendra qu'elles soient cotées à Paris; dans un an à Trieste et à New York. Une équipe de techniciens (chimistes, ajusteurs, etc.) est en route. Lewis compte qu'à la fin du mois les travaux auront sérieusement commencé à San Lucido.

Tout ce développement heureux des affaires aboutit chez lui à de la mauvaise humeur, presque à de la neurasthénie. Comme beaucoup d'hommes de sa génération, Lewis est à la fois pratique et fou, positif et névrosé. Il se plaint que le succès colle à lui comme la " poisse " au joueur. Toujours retirer des profits, même des risques les plus gros (c'est vers cette époque que la société des *Fontes et Aciers* trouva le moyen d'allumer à Djbel-hadide quatre hauts fourneaux de deux cent cinquante tonnes malgré la crise industrielle, et l'on sait avec quels bénéfices). Ce qui l'irrite surtout c'est cette impression qu'il donne aux autres de réussir, alors que toute réussite est bien au-dessous de ce qu'il attendait. La veille, il lui est arrivé, au cercle, de quitter la partie parce que cela l'ennuyait de gagner. " Les financiers, dit-il, ne sont clairvoyants qu'en finances. C'est un don, une bosse; pour le reste, des idiots. Quant aux Français, les voilà qui s'occupent tous d'affaires. Il ne manquait plus que ça. »

Lewis est-il amoureux d'Irène?

Il a cru si souvent être amoureux, toujours s'arrêtant ou arrêté en route, qu'il n'ose répondre. Il aurait craint de penser qu'il se forçait à l'être. Lewis croyait et entendait vivre en parfait accord avec lui-même, dans un égoïsme solitaire dont il ne sortait que pour satisfaire ses instincts. Il ne faut pas oublier que Lewis n'est pas un grand caractère. Loin de là. Il disait qu'en amour les coups au-dessus de la ceinture ne sont pas dangereux. Il ne lui importait pas de voir très clair en lui. L'orgueil, l'intégrité de sa personnalité, tout lui était égal, car toujours il improvisait. Ses réflexes lui tenaient lieu de sagesse, d'éducation. Cette indifférence n'empêchait pas qu'il sentît son cœur plier parfois sous l'effort d'une pesée obscure, d'une gêne. Où trouver l'origine de cette affection chronique? En Sicile?

Son amour-propre n'avait pas été engagé dans l'action. A aucun moment il n'avait, diraient les Orientaux, « perdu la face », au contraire. Et, cependant, depuis les mots brefs dont il s'était servi pour rompre cet entretien d'un soir, il se sentait dominé, tenu en respect par une volonté invisible, par l'émanation d'une personnalité que la distance, la durée, ne savaient entamer. A l'occasion du centenaire de Pascal, Lewis avait lu dans son journal quelques pensées de cet auteur trop peu connu. Il avait retenu celle-ci : « Le premier effet de l'amour est d'inspirer un grand respect. » Cela le fit rire, puis lui donna à réfléchir. Le plus souvent il ne pensait à Irène que comme à une société concurrente. Quelquefois aussi comme à une créature humaine. Mais qu'une femme ne fût pas faite pour se sacrifier (et à lui), le stupéfiait; qu'une femme eût des devoirs ailleurs qu'en amour, le choquait.

Lewis chercha chez autrui des alliances contre les sentiments divers et nouveaux qui l'assaillaient. La plupart lui firent, comme toujours, défaut. Au moins eut-il la consolation de prendre des otages et de faire des victimes.

II

Mme Magnac ne fut pas la dernière.

Lewis lui reprocha de s'entourer de reliures aux armes, de lévriers; de servir des crus si vieux qu'ils étaient passés, des mets si cuits qu'il n'en restait plus. D'être victime des apparences, d'avoir un de ces prénoms qui vieillissent avec l'époque, ce qui est grave, mais ne vieillissent pas avec la personne, ce qui est terrible. De craindre le divorce pour des raisons de sous-préfecture, dissimulées sous des préjugés du Faubourg. Il se prit à détester ce salon, qui ressemblait à un salon de la Comédie-Française. Il vanta la pureté : Mme Magnac répondit, non sans à-propos, que les femmes sont ce que les hommes les font. Il lui en voulut de citer de travers des philosophes taoïstes; d'avoir des traits déjà fatigués (elle avait l'air d'un " retour de librairie " jauni aux vitrines); de sa richesse, dont elle ne faisait aucun emploi noble; de sa poitrine d'avant guerre; de son salon, cette clinique mondaine; de son snobisme, qui la classait et la déclassait; de ce port de tête altier qui dissimulait mille concessions; de son goût artistique qui n'était que de la prudence, — ce qui est donné à tous; de ses rosseries, de la concurrence amoureuse qu'elle lui faisait (encore qu'elle ne tînt pas toujours Lewis à l'écart de ses entreprises); de ses télégrammes aux souverains (qui lui adressaient réponse par leur secrétaire); de ses mensonges, de ses façons d'appeler Mgr le duc de Vendôme par son petit nom, en son absence; de son manque de naturel, de charme; de ses prétentions à l'exotisme, de toutes ces fausses escales; de ses ondulations Marcel; de ses diadèmes en plumes de martin-pêcheur, qui lui donnaient l'air terrifiant et risible de la tarasque arlésienne; de sa baignoire creusée dans le sol; de cette rage de vouloir être de tout en affectant de vivre en recluse; de répondre, lorsqu'on lui demandait si elle comptait assister à telle fête où elle n'était pas invitée : " Je n'en peux plus, je fais grève. "

III

Lewis vécut seul. Il prit ses repas dans sa chambre, se coucha à neuf heures et mit ses draps sur la tête pour mieux s'isoler; il continua de penser sans habileté; mais enfin avec bonne foi. Était-il bon, ou sans pitié? Il chercha ses limites et les trouva.

Il eut conscience de changer, de n'être pas ce qu'il était un an auparavant à pareille époque. C'est ainsi que, sans douter absolument de soi, il n'avait plus l'impression que tout lui était permis, que tout s'achetait ou se laissait saisir. Il se demanda à quoi il servait sur terre. A chaque femme chaste rencontrée et qui, devant lui, détournait les yeux, son cœur vacilla.

IV

Par goût de la pauvreté, Lewis se mit à dépenser beaucoup d'argent.

Cessant de se meubler suivant ses besoins, il préféra orner sa maison suivant un idéal. Les bibelots s'étaient emparés de son appartement, comme la ferraille des régions libérées. Il les chassa. Il s'intéressa aux belles époques. Servi par son instinct, il franchit très vite les étapes, retrouvant, comme les modernes, par des voies abstraites, les grands principes.

Il comprit qu'un âge comme le nôtre est assez grand pour se passer d'antiquités. Il ne remit plus les pieds chez les marchands où Mme Magnac souvent l'avait emmené après déjeuner. Il fuyait ces échoppes d'art ancien, de styles qui, depuis la guerre, ont poussé comme des marchands de saucissons autour d'un champ de courses. Depuis les fadeurs des sous-produits du XVIIIe siècle, qui mettaient leurs nœuds bleu ciel à la rue La Boétie, apeurés par le voisinage des masques nègres, bousculés par les constructions rigides des maîtres cubistes, jusqu'aux bahuts paysans du Boulevard Raspail qu'on donnait à dévorer à des vers élevés exprès, en passant par les antiquaires allemands de la Place Vendôme où grelottaient, prisonnières et rachitiques, nos Vierges du xve siècle. Ces mornes intérieurs de " haute curiosité ", ces lits de repos faits pour des aveux coupables dans des pénombres Louis XVI et qu'on voyait Faubourg Saint-Honoré éclairés le soir par des phares d'automobiles, ces Saxes fragiles que le cours de la livre et les autobus faisaient danser, Lewis les avait pris en horreur; en horreur ces petites mains grasses des experts, organisant la fuite de tous ces pauvres meubles français créés pour le silence, la grâce, la modestie, et qu'on retrouvait aux antipodes, les pieds en l'air.

V

Les jours se suivaient, monotones comme des coureurs de fond, avec leur feuille de calendrier épinglée au dos.

Lewis ne sortit plus, refusa les invitations. Il annota ses livres. Il rongeait le bout de ses crayons, usait ses pipes. Volontiers il perdait son temps : “ Je suis sans emploi, disait-il, j'apprends à être paresseux. ”

Comme Martial s'en étonnait, demandant :

— Es-tu reçu à ton examen de conscience?

— Il y a devant moi des travaux pour lesquels j'ai un outillage insuffisant, répondait Lewis.

— Lesquels?

— L'indulgence, la patience, la réfutation des erreurs.

— Mon vieux, — conclut Martial, — je ne sais pas par qui, mais cette fois-ci tu es bien pincé.

VI

— A propos, — fit Lewis, sans prendre garde à cette association d'idées, — que dis-tu de cela? Et il tendit à Martial un télégramme de Pastafina arrivé le matin même.

— Tu sais que cette affaire qui, au début, s'annonçait légère à porter, commence à m'ennuyer sérieusement?

— Toujours la même chose; ces réponses affectuosissimes et dilatoires, suivies de silences, ne me disent rien de bon.

On avait pourtant envoyé depuis six semaines à San Lucido une équipe d'ingénieurs choisis avec soin. Les prospections continuaient d'être excellentes, mais le premier coup de pioche n'avait pu être donné. Des procédures entamées avec une municipalité francophobe aboutirent à des échecs, la concession de la voie ferrée par la base de Battaglia fut refusée, malgré appel aux tribunaux; il fallut envisager la descente au rivage par un service de poids lourds que l'absence de stocks de combustible et une route mal entretenue rendaient précaire.

Quand il fut question de l'établissement d'un débouché sur la mer et de l'utilisation de la crique la plus voisine de l'exploitation — celle-là même où Lewis avait pris ses premiers bains —, ce fut pire : certes la Société avait en main des garanties et la possibilité d'édifier assez rapidement des pontons pour les chargements en rade; on rencontra, comme l'indiquaient les cartes, des fonds suffisants, mais hors du golfe une chaîne de récifs rendait l'accès dangereux aux cargos, par gros temps. Et il fallut envisager le chargement en haute mer, par chalands transbordeurs. Après plusieurs tentatives, on dut y renoncer et chercher vers l'ouest. Ce fut à Marmarole; là, le môle sud offrait un arrière-plan pour l'aménagement de hangars et d'entrepôts. Mais quand on se décida à l'utiliser, on apprit que tout ce terrain avait été loué peu auparavant (l'affaire conclue en hâte par des inconnus sans qu'aucuns travaux aient depuis lors été entrepris). Les problèmes de main-d'œuvre se compliquèrent; là où elle était rare elle disparut; là où des ouvriers étaient disponibles les syndicats exigeaient des salaires tels que nulle exploitation n'était possible. Les bureaux de l'émigration, la presse locale, les municipalités, l'Office de la main-d'œuvre, les agents électoraux, les délégués de la Maffia eux-mêmes, pour une fois semblaient d'accord, ligués contre l'entreprise française.

A la solde de qui tout ce monde était-il? Lewis envoya aux informations. On opéra d'utiles recoupements. Bientôt se révéla le rôle de la Société Pascali, de Palerme. Derrière celle-ci, la commandant, un consortium de banques malto-italiennes, qu'on sut prendre à son tour son mot d'ordre à Trieste, Via Petrarca, Nº 8, et, autant le dire, à la Banque Apostolatos...

VII

Il se trouva qu'à quelque temps de là Lewis soupa chez un fameux marchand de champagne qui, malgré son âge et une situation aussi exposée, finançait encore bon nombre d'amies corporelles.

Après avoir traversé une de ces rues du Champ de Mars, qui semblent coupées dans du beurre, Lewis pénétra dans un petit hôtel à une heure où aucun domestique n'ouvrait plus : par la porte restant ouverte entrait qui voulait. Ce n'était pas le salon Magnac, mais une maison peu élégante, c'est-à-dire amusante, pleine de jolies femmes, avec un champagne d'une bonne année (ce rosé 1911, fallacieux sirop de framboises) et où l'on faisait des frais pour les invités; il y avait des cadeaux sous toutes les serviettes. L'amphitryon célébrait ce soir-là le trentième anniversaire d'une maladie secrète qui ne l'avait pas empêché de vivre impétueusement. Il avait invité à cette fête, dont

Paris parla longtemps, tous les spécialistes qui l'avaient soigné pendant ces trente années et même la dame à qui il devait, somme toute, si peu d'ennuis et qu'il avait été dénicher à Laval où elle tenait boutique d'objets religieux. Elle présidait en face de lui avec un chapeau à brides et une robe en point d'Alençon.

Lewis se trouva assis à la table jonquille (chaque table ayant le nom d'une couleur) à côté d'Hector Lazaridès, qui suçait son homard à l'américaine, coiffé d'un casque à nasal qui le faisait ressembler aux Grecs de Périclès dans le manuel de Duruy. Lazaridès était un vieux parasite grec resté après vingt siècles le *gnathon* de la comédie antique, qui logeait sous les toits, face aux Tuileries, dans un hôtel de la rue de Rivoli. Très gai, vieux corsaire sentimental, il faisait de petits métiers, surveillait et sortait les femmes d'amis, restait couché quand il n'avait pas de victimes, " entre deux poires ", disait-il, " et quand il y a de la morte-saison ", et si par malheur on l'avait prié à la campagne ne s'en allait plus. (Au point que le prince de Waldeck avait dû, pour le contraindre à partir, faire démolir au bout de deux années un pavillon où il l'avait logé pour une nuit.) Il sollicitait des situations. Quand on lui en offrait une, dignement, il refusait : " Je me fais plus que ça en empruntant. " Vieux snob pauvre, il n'avait renoncé au scepticisme de toute une vie qu'à la vue de son roi déchu, qu'il se mit à servir avec un zèle coupable. Ce qui ne lui réussit pas car, loin de voir sa francophobie renforcer à Paris sa situation mondaine, comme c'est généralement le cas, le hasard voulut qu'on lui en tînt rigueur; ce qui l'obligeait désormais, comme ce soir, à passer la nuit dans le haut commerce.

Il fit à Lewis mille politesses, ôtant son casque, inclinant bas sa tête sur laquelle trois cheveux se tordaient comme des fils de sonnette électrique. Lewis vint à parler de la Grèce et d'Irène.

— Mais je l'ai très bien connue enfant, — s'écria Lazaridès, — à Aix, à Nauheim, à Zalzomazziore. (Il exagérait, pour faire rire, ce zézaiement que les Grecs de Trieste ont pris aux Vénitiens.) Elle soignait son père, un vieux coléreux qui rossait les domestiques et distribuait des pièces de cent sous aux cocottes, lesquelles l'appelaient papa. Puis je l'ai retrouvée jeune fille, à Rome. Elle y a épousé Périclès Apostolatos, un cousin qui, suivant l'ancienne mode grecque, eût pu être son père; un de mes condisciples de Condorcet. Il s'est tué il y a deux ans, après de mauvaises opérations. Comme il était " trustee ", c'est-à-dire fidéicommis, sa fortune personnelle passa aux créanciers; mais comme Irène est en même temps une femme moderne, aidée de ses cousins, elle est entrée dans les affaires, a payé ses dettes et refait sa fortune; aujourd'hui, vous savez, elle se trouve pratiquement à la tête de la Banque Apostolatos. Cela ne s'était jamais vu dans le monde grec. C'est une enfant qui a bien du mérite, allez, elle n'a pas eu la vie gaie. Élevée à la vieille école de chez nous. Vous autres, Parisiens, vous ne pouvez pas savoir ce que c'est, combien c'est terrible une jeunesse recluse dans ces grandes maisons orientales qui ne s'ouvrent que pour le prêtre céphalonite qui vient à domicile enseigner le *Pistévo*, notre Credo, puis un mariage hâtif, souvent par procuration.

— Pourtant, — fit Lewis, — j'ai connu à Marseille des jeunes filles grecques, aux tennis de l'avenue de la Cadenelle...

— Les Grecs de Marseille sont des bourgeois qui essaient de plaire aux Français et recherchent des alliances locales. C'est sans rapport avec les vieilles citadelles hellènes comme Trieste. Là, ce sont des aristocraties fermées, impassibles, n'admettant pas les mésalliances. On jette dehors les petits comtes italiens coureurs de dots, et on épouse de grands boucs très noirs, parlant du nez, et qui, en grognant comme des porcs, font d'énormes cadeaux de fiançailles d'un goût viennois. Ce n'est pas drôle. Voyez ces charmantes petites, parties avec leurs grands yeux langoureux à la conquête du *gambros*, du fiancé, suivies de leurs familles — ces familles grecques qui se déplacent toutes entières comme des sardines migratrices en Méditerranée : tout d'un coup mises au secret, crevées de maternités, disparues de la surface du monde.

Ayant dit, Lazaridès souffla dans une petite peau molle qu'il tenait au creux de sa main, laquelle devint un canard vert qui prit son essor par-dessus la table avec un cri déchirant et mourut d'un coup de fourchette.

La conversation fut interrompue par une chasse à courre à travers la maison où le directeur d'une grande banque américaine de la Place Vendôme faisait le cerf avec les ramures du portemanteau. Cela se termina par un va-l'eau dans une baignoire en serpentine où l'animal forcé se réfugia, les pans de son habit flottant au milieu des fraises qu'il avait rendues, à cause de l'eau chaude.

Lorsqu'à l'aube, sous une Tour Eiffel endormie sur les nuages, les pieds enfoncés dans un trottoir pluvieux, on se sépara, Lazaridès rentrait chez lui, chargé d'une importante mission que lui seul saura acheminer vers Trieste, par ces télépathies mystérieuses de primitifs que connaît le monde grec et qui font l'étonnement des Occidentaux :

Lewis, après de très mauvais moments, s'était résigné à le prier de faire savoir qu'il était prêt à négocier et à céder au besoin tout ou partie des mines de San Lucido.

Qu'allait-on répondre à ces ouvertures?

VIII

A la droite et à la gauche de Lewis les moteurs ronflaient régulièrement, tout en changeant de chanson avec le vent. Il était installé à l'avant, dans une sorte de véranda d'où l'on dominait la Manche; entre ses genoux il tenait un petit sac de papier, pour y rendre l'âme pendant les grosses traversées. Mais le temps était beau et l'avion se reposait sur l'air élastique, sautant à peine par instants par-dessus d'invisibles caniveaux, rencontrant des nuages non carrossables. Lewis lisait sans les comprendre ces trois essais sur la sexualité de Freud, qui reculent terriblement les bornes de l'innocence. Parfois il levait les yeux et voyait devant lui, par les vitres incurvées, une mer toute rose de couchant, ridée à l'infini, liquide cellulaire pareil à du tapioca. Soutenus par un centimètre cube de voile, des bateaux rentraient, six mille pieds plus bas, à Boulogne. Fiers de leur petite fumée noire, des remorqueurs s'apprêtaient à mouiller pour la nuit, hors de la jetée. Lewis en riant regardait sous lui les ports, les routes, les gares, tout ce matériel humain d'hier. Derrière lui il y avait quelques Américains avec des moteurs en or dans la bouche, qui calculaient les changes, et tout au fond du fuselage, des caisses de robes, une tonne de journaux du matin et des cerises à cinq francs la pièce, pour Piccadilly.

Puis s'effaçaient les dunes de France et ces marais salants où le sel dépose des baves blanches d'escargot. Bientôt Lewis fut au-dessus des coteaux anglais bien nourris (non, l'Angleterre n'est pas plate, mais elle a la poitrine un peu basse), modèle du paysage d'agrément. La France à vol d'oiseau est faite de pièces cousues; elle se consume en échantillons : champs parquetés, débités en bandes, étirés à chaque bout par les successions. Routes droites comme gravées au couteau, s'échappant des villages autour desquels elles dessinent des motifs linéaires, des fleurs maigres. Le paysage anglais a des chemins moins raisonnables, moins intelligents, mais plus ombragés et affectueux.

Le soir tombait. Une brume bleue monta, ne laissant moutonner que quelques forêts et pointer les toits aigus des pigeonniers. Puis la banlieue londonienne d'où la foule émergeait comme des bulles à la surface d'une mare chargée de matières organiques, les premiers tramways à phares,

Bovril en lettres de feu. Il ne faisait plus clair que dans le ciel; comment dire que la nuit descend? elle monte. Enfin le moteur bafouilla, l'hélice se fit tout à coup visible, les oreilles des voyageurs sonnèrent, l'herbe parut géante, fauchée par l'air : ce fut Croydon.

Qu'on était loin déjà du Bourget, quitté deux heures plus tôt, loin des abattoirs et de la route de Flandre, que bordent, comme autant de géraniums, les porcs égorgés et les réservoirs d'essence automatiques, vers le désert pierreux de la gare aérienne où dorment, dans leurs écuries de ciment armé, de gros avions qui suent l'huile verte. Où était le flot rencontré des jolies ouvrières peintes, si souples, si exotiques, sortant de leur travail parisien comme des cigarières? Ici, on tombait d'emblée dans les bras de l'Église anglicane. Dimanche. Vêpres. 5e chapitre selon saint Mathieu. Le pays tendait à l'arrivant, non pas la face noire d'une gare, mais sa campagne gazonnée, ses joues lavées. Descente, comme par la cheminée, au cœur d'un home anglais. Dans les cercles, les “ soupeurs ” étaient, pour ce soir-là, admis en veston. Sabbat, petite mort hebdomadaire, les sous-sols étaient fermés et les bonnes qui y logent, à l'église; les salutistes chantaient sous un tunnel du South Eastern Railway d'où la fumée refusait de sortir; les Israélites, hostiles au chapeau haut de forme, rentraient dans leurs rues après le concert symphonique; les terrains de jeux étaient vides, frappés de malédiction, aucun flocon ne montait des cheminées, car les familles faisaient un dîner froid. Seuls les postes de pompiers restaient ouverts et les bars à odeur de cuir et de malt.

Lewis se fit conduire à Londres dans un hôtel du Strand. Sa chambre donnait sur la Tamise, qui décrit à cet endroit une courbe argentée et tendre vers le Parlement. Il ouvrit sa valise, y prit des dossiers. Il regarda un moment celui sur lequel était écrit au crayon bleu “ San Lucido ”. Il haussa les épaules avec mécontentement.

IX

Dès le lendemain matin, vers midi, Lewis remonta Fleet Street, à destination de Old Jewry, où se trouve la succursale londonienne de la Banque Apostolatos.

Sous le poids du pont du chemin de fer et des paquets de journaux, Fleet Street plie, s'affaisse, puis, comme poussée par un tremplin, remonte vers Saint-Paul, l'escalade, et bondit au ciel de cuivre rose. Il y a des vues du pays de Galles, avec des azurs, menteurs comme des Celtes ; sur d'autres affiches, des messieurs dans leur robe de chambre en ouatine, fumant au coin du feu avec des enfants qui jouent dans leurs jambes comme des lionceaux, spectacles qui exaltent la paresse naturelle des indigènes.

Lewis contourne Saint-Paul et déjà commencent les glaces sans tain des magasins en gros. Enfin, dans la Vieille Juiverie, la Banque Apostolatos, une maison Adams, ivoirine, peinte à l'intérieur en vert d'eau et chocolat, dans les tons du temps de Pickwick et, sur la porte, en lettres noires :

BANQUE APOSTOLATOS

MAISON DE CHANGE FONDÉE EN 1846
AFFRÈTEMENTS, PRÊTS SUR MARCHANDISES
SUCCURSALES A ATHÈNES, SALONIQUE,
ARGOS, CALAMATA, CORFOU, NAUPLIE,
LARISSA, VOLO, LA CANÉE, MYTILÈNE.
Service spécial de transit au Pirée

Ces noms de Grèce, arrachés à des côtes si tourmentées que Reclus les compare aux circonvolutions du cerveau humain, exilés au nord comme les métopes du Parthénon, scintillaient ici d'un tel feu oriental que Lewis cligna des yeux. Il appela à lui la chaleur, les citrons doux, la Méditerranée si riche en sel que son eau fait sur les vêtements comme des taches de fruit.

Au rez-de-chaussée, des comptoirs de bois, des livres de doit-et-avoir pareils à des registres de plain-chant, hauts comme le comptable, reliés d'une seule peau de bœuf cloutée. Cette entrée était comme la devanture de Lock, le chapelier, calculée pour accuser l'âge vénérable d'une firme qui, bien qu'étrangère, a droit au respect par son bon vieux genre anglais et un siècle de probité commerciale.

Aux étages supérieurs, tout avait été transformé; les lettres de cuivre frotté avaient remplacé les lettres noires peintes, les fichiers américains détrôné les vieux in-folio. Manœuvrés par un sergent manchot à médailles, des ascenseurs modernes humaient vers le toit la clientèle. Au troisième, Lewis traversa la salle du public, où une armée de jeunes gens, les cheveux passés au vernis à bottines, travaillaient derrière des grilles polies, et fut introduit dans la partie réservée de la banque : tapis de haute laine, carreaux dépolis, crachoirs émaillés avec la devise engageante : « visez-moi bien »; dans l'antichambre ces panoplies de l'honneur commercial anglais : des hauts-de-forme et des parapluies.

Là, une porte-tambour battit aux champs et les trois managers de la Banque Apostolatos, flanqués de leur fondé de pouvoirs, M. Rota, se levèrent. Ils attendaient Lewis au centre du bureau immense, entourés de coffres-forts scellés dans le mur, de portraits des présidents de Conseils d'Administration en 1846, 1852, 1867, 1876 (tous, bien qu'à jamais Grecs, devenus par vanité ou besoin chevaliers anglais, pachas, barons autrichiens, etc.; chaque fois la coupe des redingotes changeait et la forme du tube).

Ils se toisèrent. Sous des dehors extrêmement britanniques, le veston, la fleur et le pantalon de fantaisie de la Cité, Lewis vit qu'il avait affaire à des Orientaux, jaloux, passionnés, sauvages, fils d'hommes spécialisés dans les mêmes négoces depuis un siècle, les traitant avec tradition, patience, âpreté ; en somme tout le contraire de lui. A l'inverse de celles du personnel inférieur anglais, leurs peaux étaient jaunes.

On apporta du vin de Samos, puis l'on se mit au travail. On alla vite, ces Grecs ayant sacrifié aux méthodes anglo-saxonnes leur goût naturel pour l'éloquence et la chicane.

Les conditions étaient les suivantes : le groupe Apostolatos offrait de reprendre les terrains de San Lucido pour une somme de 150 000 livres sterling. Seraient payés en plus les concessions des travaux, les débours pour commissions et adjudications, les sommes avancées pour bénéficier du régime de l'entrepôt. Les Grecs reprenaient en outre le matériel amené à pied d'œuvre et indemnisaient la banque française pour les deux torrents déjà captés et les turbines posées, prenant même à leur charge les dynamos actuellement acheminées *via* Marseille sur Port Empedocle. Moyennant cela, les 167 000 actions (sur les 200 000 que Lewis contrôlait) passeraient entre leurs noires mains de Palikares.

A ce moment un page apporta un message.

L'aîné, Pisistrate, le crâne tondu comme un horizon grec, tira sa montre :

— Ma cousine Irène me fait téléphoner qu'elle sera un peu en retard. Elle a débarqué de Trieste ce matin. L'essentiel c'est qu'elle soit là pour l'échange des signatures.

X

— Vous rentrez dans le Centre?

— Je vais plus loin. J'habite chez mon oncle Solon, dans Bayswater, — dit Irène.

— Permettez-moi de vous reconduire.

— C'est à moi de vous mener jusqu'à votre hôtel; j'ai une voiture.

— C'est que... je voudrais vous parler, — fit Lewis, nettement.

— Bien.

Ils sortirent tous deux, traversèrent le *trafic* d'une heure et demie, l'écrasement dans les rues en couloir des camions, des autobus, pris comme une gelée, chargés à crever, entre deux jets d'une foule expulsée des offices, engloutie par les souterrains, ou déjeunant debout dans les bars, dans les thés de la Compagnie du Pain aéré.

Arrivés à la Caserne des Gardes, ils descendirent. Les derniers cavaliers du matin rentraient et déjà les montures de l'après-midi, désunies, au poil et aux harnais ternes, sentant le louage, possédaient l'allée cavalière. Ils prirent un biais à travers les herbages de Kensington, coupés de grands arbres aux branches régulières comme des branches généalogiques; des Anglaises à collier de faux ambre remontaient, un roman relié en toile verte sous une aisselle humide, accompagnées de longs compagnons mous qui marchaient les genoux ployés, le chapeau à la main.

— Tout à l'heure, dans ce bureau, vous m'avez fait encore plus peur qu'en Sicile, — dit Lewis.

— Et maintenant?

— Moins.... Quand vous êtes inoccupée, vous ressemblez davantage à toutes les femmes. J'ai souvent pensé à vous... Êtes-vous sentimentale?

— Non, le sentiment a été inventé par les gens qui n'ont pas de cœur. Moi, j'ai pensé à San Lucido.

— Aussi vous en voit-on récompensée. Vous êtes une femme d'affaires, parce que vous savez persévérer.

— Et vous un homme d'affaires, parce que vous savez céder.

— Je vais vous avouer pourquoi j'ai cédé.. Pour vous revoir, — fit Lewis, câlin.

— Soyez sérieux. Vous avez cédé parce que

vous n'avez pas pu faire autrement. Vous alliez vers de gros embarras de trésorerie, lors de l'échéance. Comme vous avez du sang-froid, pendant qu'il était encore temps, vous vous « êtes coupé un doigt », comme on dit à la Bourse.

— De gros embarras de trésorerie, à la Franco-Africaine? — répondit Lewis. — Pour un simple versement de six millions?

— Il n'est pas question de la Franco-Africaine, — reprit calmement Irène, — mais de vous. N'avez-vous pas agi dans toute cette affaire, de votre propre initiative, sans consulter votre Conseil? Croyez-vous que je l'ignore? Vous avez agi par orgueil, comme je l'aurais peut-être fait moi-même. A mesure que les difficultés s'accroissaient — et je ne nie pas y avoir aidé — vos ressources personnelles, ou les fonds de vos amis, s'épuisaient; à l'heure où vous étiez en droit d'espérer mieux, il fallait débourser encore. A certains moments la lutte d'un contre plusieurs n'est pas possible, n'est-ce pas? Je savais bien que vous pouviez faire appel à vos bailleurs de fonds. Mais j'avais aussi deviné que vous préféreriez lâcher la mine que de leur apporter une affaire à l'heure où elle se présentait mal. Me suis-je trompée?

Lewis demeurait les yeux au sol :

— Non, — fit-il avec fureur. — Vous ne vous êtes pas trompée.

Un silence.

— Il ne fait pas bon d'avoir affaire à vous, — reprit-il. — Pourquoi n'êtes-vous pas une femme?

Le sang monta au visage d'Irène, d'un coup l'inonda de rose, ses yeux se mouillèrent, sa bouche plia.

Lewis vit qu'il l'avait blessée. Il se calma.

— Vous avez du chagrin dans le cœur? Ou seulement dans les yeux?... Pardonnez-moi. Je voulais simplement dire : pourquoi réfléchissez-vous avant de parler, pourquoi ne souriez-vous pas, pourquoi vos pupilles ne s'agrandissent-elles pas d'intérêt lorsqu'il est question de vous? Pourquoi pensez-vous à ce que font les autres?

Irène était restée bloquée à la phrase précédente.

— Ce n'est pas ça, ne plaisantez pas. Que vouliez-vous dire en me demandant pourquoi je ne suis pas une femme? Est-ce parce que j'ai de l'équilibre? C'est un équilibre naturel.

— Moi aussi, — fit Lewis, — j'ai un équilibre naturel, je peux me promener dans l'obscurité avec un verre d'eau sans en renverser une goutte.

Elle lui coupa la parole.

— Ne plaisantez pas.

— Lorsqu'on a traité des affaires sérieuses ne peut-on pas rire ensuite? Aimeriez-vous mieux me voir prendre avec mauvaise humeur ma défaite?

— Vous êtes un chat à retomber toujours sur vos pattes... Je n'aime pas les fantaisistes.

— Moi, je n'aime pas les justes... Je redoute les fanatiques et je goûte la grâce.

— J'admire la perfection... Nous pourrions ainsi continuer jusqu'à demain. Il est déjà deux heures et lorsqu'on est en retard aux repas, l'oncle Solon entre dans une colère muette.

— Avant de vous quitter, — fit Lewis, — une dernière question : il n'y a rien de subtil entre nous, n'est-ce pas?

Irène leva les épaules.

— Oh! Dieu, non!

— C'était bien mon sentiment, — fit Lewis.

. . . .

Elle le quitta sans avoir rien perdu de son assurance, de son intégrité. Elle partit avec sa figure brune et nette, ses hanches droites, ses bas tirés sur ses chevilles transparentes, son sweater où la poitrine pointait à peine, un foulard noué sur l'épaule, qui battait au vent.

Mais, dans le coffre de la Cité, l'acte de cession des mines dûment signé.

Lewis la vit traverser Lancaster Gate. Elle entra dans une grande maison crème, comme les autres, avec une baie en encorbellement au travers de laquelle de petites tables d'acajou, avec des boîtes d'argent et des photographies dédicacées. Lewis n'avait pas faim. Il redescendit jusqu'au jardin Henri VIII, que l'hiver n'avait pas dépouillé et qui gardait, grâce aux buis, des lignes graves, prolongeant l'architecture de briques roses et noires du Palais où s'abritent les vieux serviteurs de la Couronne. Au milieu du rectangle de dalles, dans ce cloître végétal aux arceaux de glycine, d'un tourment dénudé, Lewis resta seul avec un merle.

Tout l'encourageait à vivre. Le soleil déploya son cours impérieux; c'était comme la Sicile. Il était débarrassé d'une mauvaise affaire.

Tout d'un coup un nuage passa. Le bien-être cessa. Lewis sentit qu'il voyait soudain les choses comme elles sont. Sa destinée lui apparut absolument tracée.

— Quelle froideur dès qu'elle n'est plus là, — fit-il. — Quel ennui!

Irène fut pour lui une vérité révélée. Il sut que la prochaine fois qu'il la verrait il lui demanderait de l'épouser.

XI

Le lendemain soir, Lewis dînait chez les Apostolatos, dans Bayswater.

Une antichambre gothique, avec des défenses d'éléphants et des cabinets italiens en ébène où les incrustations d'ivoire sautaient, sous la poussée d'un calorifère; une maison chauffée : ce n'était déjà plus l'Angleterre.

Dans le salon de damas cerise, sur le fond uni d'une moquette cramoisie, se détachait l'émail noir des Khoraçans, les motifs minutieux des Giordès, les stries délicates des Sinehs. De petits maîtres du XVIIIe siècle français étaient éclairés par des rampes électriques dont la lumière aride dévorait les bleus, qui tournaient au gris. Le salon formait une sorte d'atrium, entouré d'une balustrade de bois ciré d'où pendaient des broderies de Janina, des velours de Scutari et des grosses lampes de mosquée brodées d'entrelacs en relief. Entre les fenêtres, une selle arabe de cuir violet soutaché d'or, avec toutes les armes d'un émir.

Dans des vitrines on retrouvait les mêmes broderies que sur les murs, mais de plus en plus vieilles, de plus en plus fines, jusqu'au point byzantin, malhabiles et épuisantes pour la vue.

Quand Lewis entra, la compagnie, comme on dit dans les romans russes, se composait d'Irène et de trois dames, dont deux se levèrent. C'était les vieilles cousines d'Irène, les demoiselles Apostolatos. L'une et l'autre se tenaient de chaque côté d'une grand-mère hémiplégique, sorte de Napoléon lunaire, qui, assise dans une cathèdre, suivait la conversation avec la figure absurde mais un œil éveillé d'où coulaient les idées. Près d'elle, sur une table, une patience restait immobilisée.

Lewis s'attendait à ce que les trois fils, les banquiers de Old Jewry, fussent présents, mais aucun d'eux ne dînait. Sir Solon Apostolatos, le vieux père, descendit enfin en smoking de velours, montrant d'abord, la portière de Rhodes soulevée, un nez crochu féroce, tenu en laisse par la chaîne du lorgnon; il avait les oreilles décollées, la barbe drue, les yeux saillants des masques d'or de Mycènes; une petite calotte au centre de cheveux blancs très rares.

Malgré un accueil courtois et des façons de

vieille hospitalité grecque, Lewis le devina avare, maniaque, un tyran.

— Je vous présente mes salutations, — dit-il. Il faisait semblant d'être sourd pour se donner plus d'autorité. Irène lui tendit sa joue maigre. Il la traitait comme ses filles, durement.

Il n'avait aucune indulgence pour la jeunesse, déclarait blâmable tout ce qui est facile et agréable, reprochait à ses filles d'oublier les anniversaires, de se considérer comme des égales, de ne penser qu'à se distraire, encore qu'elles eussent toutes deux plus de quarante ans et vécussent en recluses. Il leur reprochait aussi d'être vieilles filles, ayant fait tout au monde pour les empêcher de se marier; elles l'entouraient d'effroi, de respect, d'admiration. Il avait eu jadis une femme, qui était morte de ses mauvais traitements. D'une jalousie orientale, quand il était obligé de la quitter pour aller à la banque, il dénouait les cheveux de la malheureuse et les engageait entre deux tiroirs d'une commode, qu'il fermait ensuite à clé.

Une table lourdement servie, autour de laquelle un vieux *butler* accomplissait toutes sortes de rites funèbres, pareils à ceux de l'Église orthodoxe, et tournait autour de la table comme l'on tourne à Athènes, le jour de Pâques, autour des églises. Au centre se trouvait une jardinière pleine de fleurs, destinée moins à orner qu'à mutuellement cacher aux convives leurs figures, atténuant ainsi le nombre des disputes terribles et les " je vous chasse si cela continue " qui, tous les deux plats, ravageaient le dîner de famille.

Les mets étaient abondants, orientaux et lourds. Mais Solon le père n'attachait d'importance qu'aux services de porcelaine dans lesquels ils étaient mangés :

— Et maintenant, — disait-il en s'adressant à Lewis et en se frottant pour chasser l'acide urique de ses articulations, vous allez avoir...

Lewis s'attendait à quelque grand cru :

— Du Vincennes bleu et or; il n'en reste plus que dix-sept pièces. Le prince V... en a deux et votre Musée des Arts décoratifs a les trois autres; moi, j'en ai douze, que voici.

Il n'y eut en l'honneur de Lewis aucune conversation générale. Il fut question seulement de fêtes de famille, de noms de baptême, de bienfaisance, de politique hellène; des discussions d'un âpre formalisme sur la liturgie, la grosseur des cierges à employer pour les Pâques, etc.

Puis de longs silences, où l'on entendait le vieux casser ses biscottes antidiabétiques.

Lewis remarqua la qualité des perles. Irène expliqua que l'oncle Solon avait été pris d'une folie de dépenses à la vue de l'effondrement de la drachme; autant il avait été économe toute sa vie (“ évitez les frottements, disait-il; en huit mille ans une pièce d’or finit par disparaître ”), autant, sentant venir sur ses vieux jours la fin de l’épargne, des héritages, du capitalisme, il faisait bon marché de cette valeur fictive qu’est l’argent d’après guerre, et il ne cessait de répéter, tantôt avec rage, tantôt joyeusement : “ *Spend the money, my children!* ” Dépensez l’argent, dépensez!

Et sans en avoir envie, simplement parce qu’elles étaient habituées à ne jamais contester l’autorité de l’homme, les deux sœurs achetaient et rentraient chaque soir harassées, ayant couru les ventes, les magasins, les antiquaires, et transformé leur fortune en objets de dernière nécessité.

La nuit, elles s’enfermaient dans leur chambre, et toutes lumières dehors, elles mettaient sur elles pour trois millions de bijoux et restaient ainsi devant la glace, à se regarder.

L’oncle Solon répétait :

— Dans trois ans, il n’y aura plus rien de ce que nous voyons aujourd’hui.

Il avait construit à ses frais, pour l’Idée, deux cuirassés de cinquante millions et une villa fortifiée pour Venizelos, avec des souterrains.

— Je ne voudrais pas vous offenser, oncle

Solon, — dit Irène, prenant avec lui de ces libertés que ses ancêtres prenaient avec Jupiter, — mais moi je trouve qu'il faut être optimiste. J'ai donné dix mille livres sterling au Préfet d'Athènes pour reconstruire la prison.

XII

Tandis qu'on passait au fumoir et que l'oncle Solon plongeait le bras jusqu'au coude dans une boîte en acajou où il y avait des cigares avec des bagues à son nom :

— J'ai le sentiment, — dit Lewis, — que c'est dans le silence d'un sérail comme celui-ci que vous avez étouffé, à Trieste, ma malheureuse affaire de San Lucido.

Ah! qu'au jaloux sultan ma tête soit portée!

— Ne vous moquez pas de cette maison, — répondit Irène, je l'aime telle qu'elle est. Jeune fille j'y ai habité; j'étais alors demi-pensionnaire à Maida Vale, et capitaine de hockey. Je rentrais ici chaque soir à l'heure où le brouillard s'épaissit, où les minstrels font des ombres fantastiques sur les murs et vous sourient dans leur visage de suie.

Hier, je suis montée à ma chambre de jeune fille, sous les toits; elle est restée inhabitée. Tout en haut, un lit, très dur, où je faisais des rêves absurdes.

— C'est-à-dire?...

— J'ai oublié. On y voit encore un coucou rapporté par moi d'Interlaken.

— Je désire la voir, votre chambre.

— Pourquoi?

— Parce que...

— Si vous voulez, — dit Irène simplement, sans se faire prier.

— Je collectionne les chambres célèbres, — dit Lewis. — J'ai déjà vu la chambre d'étudiant de Cecil Rhodes, avec sa vieille batte de cricket et ses têtes de rhinocéros; la chambre de Gaby Deslys, après sa mort : je trouvai dans Knightsbridge sa vieille mère arrivée de Marseille, trop tard, pleurant devant un soleil d'or qui montait au-dessus du lit de velours crème; au plafond il y avait un ciel peint, où évoluaient des avions : c'étaient les différents appareils d'un pilote qu'elle avait à ce moment-là pour amant... Ou encore la chambre de l'Impératrice Zita, à Schœnbrunn, avec le savon, la serviette, restés là, depuis la fuite. D'ailleurs tout ceci n'a aucun rapport...

La chambre d'Irène était ripolinée de blanc, avec un ruban vert comme une ligne de flottaison et deux rideaux en perse glacée, avec des roses trémières : ce qu'on nommait blanc majeur il y a trente ans.

Lewis l'approcha.

— Vous êtes encore une jeune fille.

Elle recula.

— Laissez-moi.

Son nez frémit, ses narines serrées s'ouvrirent. Son front découvert, à cheveux bien plantés et avançant un peu sur les tempes, apparut.

Lewis lui toucha les deux épaules.

— J'adore votre figure sage avec ce romanesque qui y est peint. Donnez-moi votre main. Ouvrez-la. Tenez, me voici au milieu de votre ligne de chance; me voici encore, ayant fait l'ascension de ce mont. Vous voyez : il faut bien que j'arrive ici...

— Tout le monde me dit que j'ai une main d'homme, de défricheur, des doigts de banquier, propres aux encaissements; voyons, laissez-moi...

— Votre taille longue, votre long cou, vos bras étroits, votre taille étroite...

— Laissez-moi.

— Votre bouche si naturelle et vos yeux byzantins, des yeux de queue de paon; je vous aime. Je n'ai pas envie que vous soyez ma maîtresse.

— Laissez-moi.

— Voulez-vous être ma femme?

— Certainement non. J'ai été mariée une fois, cela me suffit.

— Irène, je ne pense qu'à vous, je ne vis qu'en vous attendant.

— Laissez-moi.

— Et je n'attends rien...

— Laissez-moi.

Lewis commençait à faire aux poignets d'Irène des bracelets sombres.

— Je veux rester ici, avec vous. Je ne peux plus partir. Je me couche à vos pieds... Dites-moi...

— Laissez-moi.

— Laissez-moi vous dévaster, vous incendier, vous reconstruire.

Leurs voix étaient sourdes, basses; ils luttaient maintenant tête contre tête, comme des chèvres. Irène l'éloignait à bout de bras pour éviter, comme on dit en boxe, qu'il ne « s'accrochât ».

Lui, d'abord, avait fait effort pour ne pas se jeter sur elle, sentant bien que pour une fois ce n'était pas le bon moyen. Mais, par habitude, il s'y laissa aller.

En se bousculant, ils tombèrent sur le lit. Un lit anglais, c'est-à-dire un banc de pierre. Irène ferma ses jambes, un pied derrière l'autre, comme une serrure de sûreté.

— Laissez-moi.

Lewis pesait de ses genoux, très fort; le tissu de la chemise d'Irène lui craqua sous la main; leurs cœurs battaient. Leurs figures étaient toutes rouges de s'être tant frottées. Lewis maintenait un poignet de la jeune femme derrière le dos, immobilisait l'autre sous son menton; les épingles à cheveux pleuvaient; les rubans bleus de la chemise glissèrent des épaules.

— Laissez-moi, c'est un assassinat.

Elle eut un tel cri qu'il se releva, ce qu'il n'avait fait pour aucune femme.

— Pardonnez-moi, — dit-il.

Ils étaient à bout de souffle tous deux, comme des pugilistes pendant une reprise. Irène défit ses cheveux, se recoiffa; tout son visage apparut, resplendit dans la masse de cheveux épais, comme sculptés dans du plomb; toute sa personne s'en trouva modifiée; elle fut davantage elle-même.

— Naturellement, — fit Lewis, — nous n'allons plus nous revoir, maintenant.

— Pourquoi? Je n'ai pas peur de vous.

Elle tremblait comme de l'eau bouillante.

— Vous n'avez pas peur non plus de me dire que vous tenez à moi un peu.

— Non.

— Vous ne m'en voulez pas?

— Je m'en veux d'être là, sans courroux.

— Coupez-vous les cheveux.

— Jamais.

— Une dernière fois... Vous n'admettez pas que nous soyons un couple, une raison sociale?

Irène sourit.

— Non. Surtout pas cela. Partez à l'anglaise.

Lewis vit devant lui le gouffre de l'escalier. Au bout de quelques marches, avec une gaminerie française, il se retourna :

— Je ne veux pas m'en aller ainsi. Donnez-moi quelque chose à emporter, un objet qui vous appartienne. Pas un mouchoir, cela porte malheur. Tenez, donnez-moi votre soutien-gorge, je le mettrai dans mon portefeuille.

Elle le regarda, stupéfiée. Jamais elle n'avait vu un homme comme cela.

— Au moins indiquez-moi à Paris quelqu'un qui vous aime, qui vous connaisse bien, à qui je puisse parler de vous.

— Je ne connais personne à Paris.

— Alors, promettez-moi une chose, une seule, et je m'en vais... Promettez-moi qu'avant de repartir pour Trieste vous me téléphonerez... Ségur 55-55... C'est facile.

Les joues en feu, les yeux droits, Irène resta sur le palier et fit signe qu'elle ne désirait plus parler.

Elle regarda Lewis descendre.

XIII

Un temps d'hiver, des vapeurs chaudes, à favoriser la renaissance des grands sauriens. Des lampes à arc mauves, rabattues sur l'asphalte, comme des lampes d'alcôve sur les draps. Les autobus trempaient leurs lumières dans le pavé de bois, profond canal.

A la hauteur de Victoria, Lewis retrouva la Tamise, que longeaient, avec de grands appels de violons portant à la peau comme le jeu d'un virtuose juif, les tramways qui ramenaient des faubourgs des odeurs végétales, des feuilles mortes prises dans leurs trolleys. Au milieu du fleuve, le nez dans le courant, des péniches dormaient, en léthargie, siluriens obscurs sur une eau d'argent. A l'obélisque, dont la brume atténuait le triomphe vertical, s'opposait sur l'autre rive le pylône de l'usine du Thé Lipton.

Lewis regarda l'heure au cadran de Westminster. Il vit le Parlement, cette prison gothique d'où sont sortis toutes nos libertés. Il allait être minuit, les deux aiguilles bientôt au port d'armes. Soudain il pensa que dans vingt-cinq minutes la malle de nuit partait pour la France. Qu'avait-il à faire désormais à Londres?

Il se rendit à l'hôtel, fit descendre ses valises, monta dans le train, sans avoir pris le temps de se changer.

Les barques de Boulogne, qui avant l'aube sortaient, gonflées de ce vent débile précédant le jour, avec de grands feux allumés sur le pont qui jetaient sur les voiles les ombres immenses des pêcheurs, voyaient non sans étonnement, penché sur la proue du vapeur, un passager en habit noir dominant l'écume de son chapeau haut de forme.

Lewis avait tout à fait cessé de penser à Irène.

A chaque vague, Lewis pensait à Irène.

XIV

C'est un des bénéfices du voyage, ces quarante-huit heures avant et ces huit jours après, qu'on gagne en ne prévenant personne qu'on n'est pas encore parti, ou rentré.

Lewis n'alla pas voir Mme Magnac. Il travaillait le jour, puis, dans l'espoir qu'Irène lui téléphonerait, il restait chez lui tous les soirs.

Une fois, vers minuit, il avait fait l'obscurité et rêvait d'elle, lointaine, séparée de lui par la mer, et cependant dans sa chambre (elle était dans ses bras, il la prenait si fort qu'il serrait ses seins l'un contre l'autre), quand la sonnerie retentit. Ce fut comme un coup de pistolet tiré sous l'oreiller.

C'était peut-être Elsie Magnac. Il décrocha le récepteur et soudain Irène fut près de lui, comme assise au pied de son lit, dans la nuit; à l'instant où il l'évoquait, elle l'avait demandé, le réveillant, profitant de ce réveil pour pénétrer brusquement jusqu'à lui et se poser en ces noirs asiles où, sous la conscience, les soucis de la journée viennent s'abriter pour la nuit.

— Vous avez pensé à moi, Irène?

Elle lui répondit d'une voix basse, contrainte :

— Naturellement.

Elle semblait si près qu'on surprenait son souffle; il passait sur les lèvres avant de former des mots; il passait en un dixième de seconde à travers la terre, comme doivent se parler les morts, à travers le Kent lourd, par-dessus le château de Douvres, sous la mer troublée de craie, au-delà des sables boulonnais, des nœuds coquets de la Seine, sur la tête de Paris, jusqu'à l'oreille droite de Lewis. Lewis remarqua combien la nuit on entendait bien, sans éclatements, sans friture. Les mots qu'elle disait semblaient fluides, dispensés de distance, chargés de sens. Lewis voulut lui donner des noms d'amitié, il s'aperçut qu'il ne la connaissait que juste assez pour lui donner des noms d'amour.

— Je suis tout près de vous, Irène.

Lewis n'entendit plus rien. On avait coupé. Le tragi-comique d'une administration française s'interposa. Une demoiselle avec une voix sèche de standard lui demanda son numéro; puis une voix d'homme du Midi, avec un accent de sergent de ville, au milieu d'une volière, d'un jacassement de cage anglaise, lui demanda qui, à Londres, lui « causait »; ce qu'il ne sut dire.

Quelques minutes plus tard, Irène téléphonait de nouveau.

— Je n'ai plus rien à vous dire, — fit-elle, — et vous?

— Moi non plus. Je vous aime.

Ces mots sonnèrent creux au seuil de ce trou noir. Lewis sentit que de l'autre côté de la Manche cela avait pénétré à bout portant, en pleine tête.

— Non, — fit-elle, — et elle raccrocha.

« Le téléphone ou la distance aggravent sa voix, pensait Lewis, lui donnent un sérieux, un manque de charme » (il ne connaissait encore que des rires perlés, de joyeux « bonjour, vous! » qui l'éveillaient; voix plus jeunes, disloquées ou éraillées de petites Parisiennes). Cette voix était celle d'une honnête femme.

Comme Lewis rêvait dans l'obscurité de sa chambre à la conversation qui venait d'avoir lieu, faisant déjà effort pour ne pas l'oublier tant elle lui semblait lointaine, ou un songe, il fut sonné par un appel bref : c'était Mme Magnac.

— Cher ami, je suis heureuse d'apprendre que vous êtes rentré. Sans doute allez-vous repartir tant vos soucis semblent loin d'ici.

— Repartir? Plus jamais, puisque j'entends votre voix, — fit Lewis.

— Vous ne connaîtrez plus cet enchantement, — reprit Mme Magnac, avec un ton des grands jours : — la priorité est aux communications avec l'étranger. Adieu.

Lewis désormais se trouvait seul.

XV

Il fut un moment à se demander s'il allait en avoir du chagrin, puis, comme il n'éprouvait rien de pareil, il sauta de joie et son sommier métallique le renvoya au plafond. Il prit son livre d'adresses, ses lettres privées, le carnet rouge lui-même, et brûla le tout. Une impression de jeunesse et de confiance le pénétra, lui fit, dans le silence de ces heures vides, entrevoir une vie nouvelle où il serait plus libre qu'il ne l'avait jamais été. Il allait donc pouvoir mener autre chose qu'une existence composée de jours liés par l'artifice. Des rapports nouveaux avec le monde se mettaient à luire. Il fallait qu'Irène fût à lui.

Il ouvrit la fenêtre. Un chat noir traversa la pelouse. Dans la banlieue on entendait siffler les sirènes. Lewis souhaita ne pas être seul; il s'habilla et sortit. Un camion passa, chargé de carottes. Il monta derrière, comme il faisait enfant, quand il allait à l'école, bien que ce fût défendu. Les jambes pendantes, il traversa Paris par des rues tortueuses, démeublées, sauf de boîtes à lait, en mangeant des carottes, et ne s'arrêta que sur les bords du canal Saint-Martin, bordé de sentiers, de petites maisons basses, comme un quai flamand. Pour s'affirmer, et déjà pour triompher, la lumière ne négligeait aucune alliance et d'abord celle que lui offraient les parties les plus lisses du paysage, l'eau du canal, les pierres des quais, les flancs de fer des remorqueurs. L'écluse au repos laissait jaillir une eau douce d'un gris doré qu'aucune lueur encore à l'orient ne justifiait. Les Magasins généraux enfonçaient dans la laque de garance du canal leur masse profonde. À fond de cale des chalands, on entendait les sabots des mules, impatientes de retrouver les chemins de halage.

Les choses se présentaient simplement, telles qu'elles étaient, ni fraîches ni fatiguées, avec leur destinée ordinaire, leur commune intention. De grands bateaux pleins de produits belges dormaient sur l'eau profonde.

Après avoir pris un vin blanc, Lewis marcha, attendit le jour et que la grande poste de la rue du Louvre ouvrît ses grilles. Il en sortit avec turbulence mille voitures qui contenaient toutes les lettres de Paris. Alors Lewis entra et rédigea sur les marches un télégramme, réponse payée, pour Irène. Il lui expliquait que sa vie était finie si elle ne consentait pas à être sa femme. Puis il rentra chez lui, mit l'interrupteur, fit l'obscurité et attendit, couché sur son lit.

A midi, on lui apporta un télégramme. Il le tint sans l'ouvrir, dans ses mains, le mit sous son traversin, le posa sur ses genoux, sur une chaise, sur la cheminée. Enfin vers le soir il trouva que son plaisir avait assez duré. Il lut :

Londres. 22. 11. 22. 14331 *A.*
Essayons.
Irène.

TROISIÈME PARTIE

I

— Irène, j'ai un cadeau pour vous, — dit Lewis.

— Faites.

— Je vous offre ma liberté. J'abandonne la Franco-Africaine. Serez-vous étonnée, comme le sont les autres ? On ne peut bien faire deux choses à la fois et j'ai décidé de vous aimer à la perfection. Cela va me prendre tout entier.

— Voilà pour moi un avenir de dangers, — répondit Irène. — Mesurez mon inquiétude.

— Puisque vous êtes ma femme...

— Pour un si long voyage, vous partez trop vite. Soyez politique.

— Non. Pour une fois que vous tombez sur un Français qui n'est pas prudent et qui agit sans penser au lendemain, vous ne l'encouragez guère. N'admirez pas, Irène; ce n'est pas un sacrifice. Nous sommes à une époque où les choses se détachent de nous plus vite encore que nous ne nous détachons d'elles. Je sais bien quand j'aurai assez d'être heureux, mais je ne sais pas quand le bonheur en aura assez de rester avec moi; il me surprend : je le retiens. Je peux très bien vivre sans rien faire : j'ai reçu une éducation anglaise. Pourquoi, chez nous, croit-on toujours, quand un homme politique n'est pas au pouvoir, un écrivain à l'étalage du libraire ou un financier à son bureau, qu'ils vont mourir? D'ailleurs je ne me retire pas dans un désert, au contraire; vous savez bien qu'enfin je sors de la solitude.

— Préparation à l'ennui.

— Non, préparation à la béatitude. J'étais, malgré les apparences, un homme seul, c'est-à-dire un homme des cavernes, égoïste, cherchant tous les jours sa nourriture et rien que pour lui. Je me repens. J'ai écrit une lettre très gentille à mon Conseil d'administration et j'ai obtenu un congé d'un an. A la Compagnie, j'ai demandé la permission de me retirer dans vos bras. D'ailleurs qu'est-ce que j'abandonne?

— Ne brisez rien, Lewis, croyez-moi. Vivez sans secousses. Bientôt vous regretterez votre travail et même vos amis.

— J'ai passé l'âge d'avoir des amis. Tous ont maintenant rencontré la femme qu'ils devaient rencontrer. L'amitié entre hommes, vous savez ce que les femmes en pensent : ça fait de l'ombre sur leurs robes. Quant au travail... je n'ai jamais travaillé. Les affaires modernes, ce n'est pas du travail, c'est du pillage. J'allais tout droit à la vieillesse, avec cet excès d'agitation et ce défaut d'activité qui sont bien de l'heure présente. Loin de les voir diminuées, voilà que s'augmentent mes ressources, depuis que je vous ai. J'apprends à être humain. Mon premier besoin est de vous adorer.

— Moi, c'est de me soumettre à vous, — répondit Irène, — bien que vous soyez distrait et léger... mais je n'ai plus à regretter ma folie. J'ai besoin de vous également depuis que j'ai tout quitté. Vous êtes mon plus proche parent.

Dès le moment qu'Irène avait accepté d'épouser un étranger, de ne plus habiter Trieste, elle avait, elle aussi, rompu les liens qui l'attachaient à sa banque, sa vie d'affaires n'étant qu'un prolongement de sa vie de famille; sans l'une, l'autre n'était plus possible. Il n'y a pas de place pour la fantaisie dans ces foyers-comptoirs de banquiers grecs. L'affection secrète, l'admiration professionnelle, la fraternelle passion que lui portaient, derrière le granit de la maison triestine, en cette étrange atmosphère de coffre-fort et de sérail, ses deux cousins Apostolatos, rendaient précaires tous les compromis auxquels d'ailleurs elle-même savait qu'elle ne pouvait s'arrêter. S'étant refait une vie libre, elle se jugeait en droit (sans trop s'apercevoir de son impatience) de se la refuser à nouveau.

Ils étaient donc là tous deux, heureux, inutiles, en proie à un bonheur public, dépendant l'un de l'autre comme l'offre de la demande. Ils demeuraient suspendus par un lien unique, au-dessus du vide par eux préparé, et goûtaient avec ravissement ce péril.

Maintenant que faire de leur victoire? Sauf l'heure où ils se lavaient (et le vagabondage spécial des rêves), ils ne connaissaient plus la solitude. Entre eux, plus rien de fortuit, d'enchanté, d'ombrageux. Ils s'appartenaient dans la lumière la plus dure : celle du bonheur.

Comme si cela ne suffisait pas, ils choisirent de quitter l'Occident et de se rendre en Grèce.

II

— Je suis de L..., une des Sporades du Nord, — avait dit Irène. Non; c'est trop petit; vous ne trouverez cela que sur les atlas allemands. J'ai là-bas une cabane de marbre. N'ayez pas peur, elle est abandonnée, il n'y aura pas de visites de famille.

En descendant du train, ils s'étaient embarqués la veille au pont de Galata. Un paysage sinistre, enchaîné par la pluie. Les coupoles des mosquées comme de grands aérostats alourdis par l'eau, impuissants à s'enlever; chaque année plus nombreux, les gratte-ciel de Péra ajoutant à ces infortunes; les bateaux-mouches crachaient ce charbon d'Héraclée qui craque sous la dent, et de tristes brumes scythes exportées du Pont-Euxin passaient dans le Bosphore livide. L'averse en biais trempait les maisons de Scutari, faisait tourner au noir leur bois gris argent.

— En Turquie, — dit Irène, — il pleut toujours.

— Si les Grecs étaient entrés à Constantinople, nous aurions évidemment un autre temps.

Lewis la taquinait, mais elle n'admettait pas la plaisanterie, condensant en elle cette haine inexpiable des Grecs pour les Turcs.

— Vos amours littéraires avec les Turcs, votre aveuglement de maris trompés, vous autres Français, c'est intolérable. N'avez-vous pas compris la leçon de la guerre? — et Irène montra du doigt le *Gœben*, galère fatiguée, démaquillée, mais toujours vivante, une fois de plus, devant le vieux Sérail.

— Mais je ne défends pas les Turcs, — répondit Lewis.

— Si.

— Non.

Irène poussa « *un de ces soupirs grecs qui*, dit Byron, *font trembler le Bosphore* ».

Leur bateau ne devait partir qu'après le déjeuner. Ils montèrent à Sainte-Sophie; à la porte de la mosquée, un factionnaire, avant de les laisser entrer, leur demanda s'ils n'étaient ni Grecs ni Arméniens.

— Sujette hellène! — répondit Irène fièrement.

Le Turc croisa le fer avec férocité et Lewis dut

montrer le nouveau passeport français d'Irène.

— Dire que nous avons été si près de revenir, nous les gardiens de la chrétienté en Orient et qu'une fois encore voilà ici ces Turcs fanatiques, abrutis, concussionnaires, qui, jamais, n'ont su que massacrer. Ils ne veulent plus de Grecs à Constantinople! Ils veulent avoir un commerce turc, des banques turques! C'est comique[1]!

Lewis, comme un skieur, traînant ses pieds chaussés d'immenses babouches, suivait Irène, s'efforçant de la faire taire, à travers les tapis de prière et les dallages byzantins de Sainte-Sophie. Jamais il n'avait vu pareille expression de mépris en Occident; cela ne ressemblait en rien à l'hostilité des Français et des Allemands par exemple, qui, dans les moments les plus affreux, restait humaine. Cinq siècles d'une haine de belle qualité brillaient dans les yeux d'Irène. Elle, toujours si calme, ne pouvait adoucir sa rage. Comment un être si proche de lui se laissait-il ainsi, en un instant, dévaster par un sentiment qu'il n'arrivait pas à se représenter? Pour la première fois, Lewis sentit qu'il avait lié sa vie à quelqu'un d'une race inconnue. Dans la cour, près d'une fontaine rococo de marbre et d'or, qui ruisselait d'eau lustrale, les ogres paisibles, coiffés du nouveau fez d'astrakan,

1. N. B. — L'auteur n'est aucunement responsable des propos tenus par ses personnages.

fumaient, tirant sur leur tuyau gainé de velours bleu, parmi l'envol des pigeons.

Le bateau ayant quitté Constantinople avait fait escale, à la fin du jour, à Moudania, sur la côte d'Asie. Un moment, ils étaient descendus à terre. A peine débarqués, dans un bois d'oliviers, ils rencontrèrent un parc automobile grec, abandonné pendant la fuite de l'été 1922. Au milieu des mauves, du safran, des asphodèles, du vert tabac, ces cadavres de camions fournis par les Anglais gisaient les roues en l'air. Des inscriptions et des numéros de corps d'armée, sur leurs flancs, se lisaient encore.

— Une division grecque tout entière s'est rendue ici, — expliquait le guide.

— Allons-nous-en. Je rentre à bord, — fit Irène.

Elle avait les larmes aux yeux.

Quand Lewis se réveilla le lendemain, le vapeur sortait des Dardanelles. Il faisait chaud. Le ciel était devenu vertical; des mouettes flottaient, posées sur les vagues comme sur une forêt molle, sous un soleil auquel aucun nuage n'attentait plus. A gauche, Kum-Kalé protégé par des batteries turques, Troie avec ses lézards et le rivage d'Asie; à droite, Sédul-Bahr fertile en ossements.

A la surface, émergeaient des mâts, des cheminées d'anciens transports anglais coulés; un croiseur français achevait de pourrir. La végétation, tout d'un coup, avait disparu, anéantie par l'extrême cuisson. Sans intermédiaire, la terre et le ciel mêlaient leurs affaires. A l'infini se perdait l'inflexion pure des côtes, une mer tissée de métal. Arrivée harmonieuse dans un monde de héros et de dieux qui font l'amour dans le creux des platanes. Lewis redescendit et entra dans la cabine d'Irène.

— Montez vite, — dit-il. — Voici la Méditerranée, Madame votre mer.

Quand ils furent sur le pont, on voyait déjà Mytilène, affaissée en son milieu, comme une femme couchée.

III

Pendu à un massif rocheux, chaud et roux comme la croûte du pain, balafré de longues cicatrices, sans une once de terre végétale, se trouvait l'unique village de l'île. Par des escaliers empierrés, on descendait vers un petit port décoré de quelques barques pervenche et de six tonneaux vides. Des maisons en briques de terre crue, fendues par l'heure de midi, quelques palmiers, lauriers, cactus, blancs de poussière, dans une réverbération de glaciers. Au-dessus, la maison des Apostolatos cernée de bleu aux embrasures, toute de marbre à l'intérieur et fraîche comme un verre d'eau. Ses premiers maîtres s'étaient enfuis en 1818 (les femmes avec des pièces d'or cachées dans leurs cheveux) pour aller commercer à Odessa, puis à Trieste, tandis qu'une branche cadette se fixait à Bombay. Puis, la vieille demeure avait été remise à neuf par les deux tantes d'Irène, qui avaient passé là presque toute leur vie dans l'intimité; un jour, elles l'avaient abandonnée après s'être brouillées sans retour : l'une, Héra, était vénizéliste, l'autre, Calliope, constantinienne. Dans ce salon meublé en Boulle Second Empire, Irène avait joué; dans la chambre que Lewis occupait, sa mère était morte.

Lewis s'assit sur ses malles. Il regarda autour de lui. Aux murs, il y avait une lithographie du roi Othon et une grande composition romantique tournant au noir et qui représentait le massacre de Souli, où des femmes grecques jettent leurs enfants dans un précipice plutôt que de les abandonner aux Turcs. Il dénombra les meubles : un lit, une chaise, une icône fendue, un pot à eau, un réchaud avec des noyaux de fruit trempés dans la résine. Il regarda ses pieds blancs de poussière, et tout à coup, la fatigue d'une semaine de route tomba sur lui. Paris lui apparut, arrosé, propre, lointain. Une fois de plus il était puni de son goût des voyages. Ce saut dans le farouche, le romanesque, l'inhabité l'accabla. Cet accablement le conduisit au sommeil.

Quand il se réveilla, il était reposé, c'est-à-dire consolé; la nuit approchait. Irène était près de lui, sur la terrasse, devant la fenêtre, les yeux attachés à la crête d'une colline où se hérissait un mur de léproserie mauve.

— Irène, à quoi pensiez-vous?

Elle tressaillit, se leva, vint s'agenouiller près de lui.

— Je regardais cette mer sans hausse ni baisse (cette femme d'affaires voulait dire sans marée). Il me semble être comme elle, étale. Je suis si heureuse que je me demande si je ne devrais pas cesser de vivre. La sagesse serait de vendre à temps, avec tout son bénéfice.

Sous le soir, les cigales menaient un bruit d'enfer. De la montagne descendit la grande odeur sacrée du bouc, que suivit le parfum d'une menthe si chaude, si aromatique qu'on l'eût crue portée toute une nuit contre la poitrine.

IV

Depuis six semaines, Lewis vivait sur cet îlot, dont Irène était la seule verdure. Le matin, il mettait à la voile et allait pêcher, ainsi que Childe Harold

Se chauffant au soleil comme toute autre mouche.

A son retour, Irène l'attendait au port, entourée d'enfants à tête bleue rasée, de mendiants de haute époque, noirs, luisants, ridés comme l'olive. Elle avait été visiter les réfugiés d'Asie Mineure : devant le lazaret, à l'extérieur de leurs tentes maintenues debout par de grosses pierres contre les vents oiseleurs, — ces vents longs qui ramènent du Sud les chaleurs et les oiseaux, — ceux-là campaient depuis des mois ; des femmes, qui portaient encore l'ample pantalon turc, filaient la quenouille ; des hommes accroupis faisaient cuire du mouton sur des brochettes de bois.

Les repas de Lewis et d'Irène n'étaient pas moins sauvages. Les dorades qu'il avait pêchées étaient cuites avec quelques gouttes d'huile. Des piments doux. Des fruits. De l'eau. Lewis regrettait les bécassines au foie gras et souhaitait dire adieu à leur petite table au profit d'une grande. Irène s'excusait, citant le proverbe grec : " Un sou d'olives, deux sous de lumière. "

Ensuite, pendant ces heures vides de midi, où la rue déserte frémit sous les tourbillons de poussière, quand la brise de terre se heurte à celle de mer, dans une sorte de minuit solaire, Lewis faisait la sieste. Vers cinq heures, il se mettait au balcon. En face de lui était la douane, avec son Parthénon en réduction encastré dans une caserne ocre, au-dessus de laquelle flottait, comme de l'azur découpé en bandes, le drapeau hellène. Sous l'unique eucalyptus, le propriétaire de l'unique Ford de louage, (ΦΟΡΔ), invitait ses amis à s'asseoir sur la moleskine trouée et ils faisaient ainsi une longue excursion immobile. Les ânes revenaient des champs, si chargés que seules leurs oreilles et leurs pattes apparaissaient hors de deux bottes de feuillage d'olivier. Au-dessus de la léproserie, une lune plate, à motifs bleus, se levait.

" Comment les Grecs ont-ils pu vivre sur ces radeaux rocheux? Est-ce pour ces pêcheurs obscurs et mornes, pour cette Irlande du Sud, que toute l'Europe romantique a versé son sang et son encre? " se demandait Lewis.

Deux fois par semaine, il descendait au café pour y lire *Le Journal d'Athènes*, rédigé en français. Il y rencontrait des fonctionnaires en toile blanche et lunettes noires qui se laissaient pousser des ongles d'une lieue par dédain du travail manuel, le gardien du phare qui prêtait volontiers sa longue-vue au bout de laquelle il vissait un panorama marin, un marchand de melons d'eau, le pope avec son ombrelle d'alpaga, sa barbe jusque dans les yeux, son chignon plein d'huile, et qui n'avait jamais converti, disait-on, que des drachmes en dollars. On prenait un café amer, dans de petites tasses de métal qui brûlaient les doigts et un verre d'eau si pure que le pope, remerciant le ciel bleu, faisait au-dessus le signe de la croix grecque.

Seuls en Orient, les Grecs semblent avoir trouvé un moyen terme entre la nonchalance et le fanatisme. C'est un tour de force. Lewis ne le réussissait pas. Secrètement, pour qu'Irène n'en sût rien, assis devant cette mer piquée de voiles pointues, Lewis se dissolvait dans un ennui total. Il succombait à l'anémie méditerranéenne, avait opté pour la mollesse et se laissait vivre dans un engourdissement semblable à un confortable décès. Il lui arrivait vraiment de croire qu'il était mort.

Un matin, Lewis remarqua que la place publique fermentait. Deux hommes étaient montés sur des chaises et lançaient des doigts noirs. L'assistance hurlait et leur répondait à main levée, sollicitant leur attention; Lewis apprit que l'on débattait le taux des primes d'assurance et que l'on jouait ainsi sur les premiers cours de la récolte, encore sur pied, des raisins dits de Corinthe. Il se mit à jouer aussi. Cela lui rappela quelque chose... Soudain apparut dans un halo de conte pour étrennes, un autre temple grec plein lui aussi de divinités à énigmes. Midi et demi : à 2 500 kilomètres d'ici, la Bourse de Paris allait s'ouvrir. Déjà, on cotait en coulisse les premiers cours. Immobiles comme les piliers carrés noircis de chiffres, de coups de crayon, de caricatures, des groupes de remisiers, calcinés d'inquiétude, attendaient. Dans leurs boxes de chêne, derrière les rideaux verts, les représentants des banques prenaient par fil spécial les derniers ordres. Puis la cloche sonnait, et rien ne réprimait plus une clameur folle... En deux sens, le flot s'organisait, gagnait les corbeilles où les ordres se perdaient, humés, absorbés par la contrepartie, pendant que dans le ciel vitré et verdâtre, on affichait déjà les valeurs en vedette. Quel beau jouet!

Avec mélancolie, Lewis regretta l'Occident, les toits en pente, les rivières pleines d'eau, le beurre dur, les lointains gras, le lait sans odeur, les balayeurs, le Bois de Boulogne plein de corsets, son vieux Martial, son appartement si propre, Elsie Magnac, ses autres amies, chaudes ou froides, et jusqu'à Waldeck, avec sa lavallière et son sautillement de côté (« il a l'air d'un perdreau raté, disait Proust »). La Méditerranée lui apparut affreuse avec ses colères volcaniques, ses montagnes convulsées, ses terres maigres habitées de peuples obliques, ses plaines brûlées comme un talus de voie ferrée, ses couleurs dures et, sous un soleil vulgaire, le monotone débit des torrents du répertoire classique.

Que n'eût-il donné pour du gazon?

Il comprenait alors de quelle nostalgie romantique devait souffrir la reine Sophie de Grèce, quand elle demanda au roi Constantin, son époux, l'autorisation de faire pousser du lierre sur l'Acropole.

Mais voilà qu'Irène arrivait à lui, et de loin, avec inquiétude :

— Vous semblez abattu, — dit-elle. — N'êtes-vous pas heureux?

Cette question était si peu habile, si naïve, que Lewis ne put faire qu'un geste désespéré, sans oser lever les yeux.

— Profondément heureux, — fit-il.

— Je vous demande la vérité.

— C'est-à-dire que..., si vous m'aimez, nous rentrerons à Paris... rien que pour huit jours. Je sens que je vais devenir fou si je ne peux pas voir un nuage, vous comprenez?

V

Ils rentrèrent. L'été était venu. Paris ressemblait à la Grèce : la Madeleine visitée par des Américains, les Champs-Élysées déserts, brûlés, habités par des chèvres. Il n'y avait plus d'eau. Le Grand Prix avait été gagné par un Grec.

Lewis et Irène vivaient, derrière les persiennes fermées, une vie orientale. Mais ce n'était plus une île, et il restait dans les rues vides un peu de l'agrément chaud, impur, des mois précédents et dès qu'avaient disparu les autocars des touristes, il demeurait dans l'air quelque chose de cinglant, d'adroit et de précieux que Paris conservera toujours, même quand il n'y aura plus de Français pour l'habiter.

Ils ne virent personne. Les gens déplaisaient à Irène. Elle ne leur adressait pas la parole. " A Paris, disait-elle, on a toujours l'air d'attendre de vous des surprises. Moi, je n'ai rien à offrir.

Je n'attends rien que vous, Lewis. Dès que je suis seule avec vous je suis bien. J'aime le peuple, les enfants, les animaux : mais ici les enfants ont mauvaise mine, on rudoie les animaux et les ouvriers ne sont que des bourgeois avides. »

Ils restaient couchés le matin. Lewis avait gardé quelques chevaux de course. Il téléphonait de son lit dans l'Orne ou dans le Calvados pour avoir des nouvelles de leurs sabots, de leurs dents, de leurs tendons. Les journées passaient, semblables. Le soir, ils vidaient des bouteilles de champagne hors Paris, dans des moulins en carton avec des buffets anciens; sur la table, on leur faisait une cuisine pour étrangers, avec tant de fine champagne dans les sauces qu'ils dînaient au milieu des flammes.

— Nous dépensons sans compter, — disait Irène, — et nous ne gagnons rien. Il faut penser à cela aussi. Criez : *A l'Economie ménagère*, si vous voulez.

— Bah! — répondit Lewis, — c'est déjà bien assez ennuyeux de ne pas avoir d'argent; s'il fallait en plus se priver!

Ils ne sortaient pas dans le monde. Le mariage de Lewis y avait été accueilli par un silence bruyant. Il en prenait son parti avec philosophie.

— Notre union n'est guère bénie; nous ne pouvons pas espérer faire plaisir aux gens. De votre côté et du mien, cela dérange quelques personnes, mais laisse le plus grand nombre indifférent. Il ne reste que cette hostilité naturelle que provoque un couple heureux et dont on doit s'accommoder. Si un jour nous voulons revoir du monde, il nous faudra nous prévaloir de quelques-unes de ces infortunes qui rendent l'atmosphère respirable à des amis, voilà tout.

L'oisiveté est la mère de tous les vices, mais le vice est le père de tous les arts. Ils allèrent dans les musées. Celui qu'Irène préférait, c'était le musée de la Marine, à cause des voiliers. Elle n'avait aucune idée de ce qu'était l'art. Elle vivait volontiers parmi les choses laides. Elle ne connaissait de notre peinture que ce qu'en connaît l'Orient : Ziem, Diaz, Meissonier, Detaille. Lewis qui avait travaillé ses guerres du Péloponèse pour aller en Grèce, voulut lui expliquer l'histoire de France. Mais il s'aperçut qu'elle savait les dates de la naissance et de la mort de tous nos rois. Irène avait de la France cette image un peu fanée, ridicule et fragile, mais somme toute exacte et touchante qu'on enseigne dans les écoles du Levant.

En cuisine, elle n'aimait que les courgettes farcies, les tomates au pilaff avec des raisins de Corinthe, les vins doux. Lewis lui dévoila les dessous de la vie française, qui sont l'amour et la cuisine revenue dans le beurre.

Ils ne se séparaient jamais. Ils ignoraient sept heures du matin, sept heures du soir, ces lames de fer qui coupent les plus doux engagements au fond des chambres chaudes.

En amour, Irène était, comme toutes les femmes d'Orient, d'une très grande frugalité et de goûts simples. Le grand lit de Lewis la faisait rougir. Elle acceptait avec effroi ses caresses, n'en rendait aucune. Quand Lewis la surprenait au bain, comme aux temps des Dieux elle cachait sa bouche.

— Vous ne pouvez vous imaginer ce que vous me faites peur, — disait-elle, et quand il s'approchait, elle tendait la nuque.

Lewis, par habitude, essayait de la rallier au plaisir.

— En amour, il ne faut pas déchaîner tout ce qui dort dans une femme, — objectait-elle;— après, personne n'en est plus maître. Voyez l'apprenti sorcier, dans les contes allemands.

Comme tous ceux pour qui la débauche est une vieille compagne, Lewis était sensible à cette retenue. Cela lui rendait Irène irrésistible; tant de passion dans les traits et même certains indices de goûts sauvages. Cependant, qui s'y risquait, ne trouvait que la sagesse, la fraîcheur du marbre.

Lewis déploya son expérience, sa finesse et une

certaine perfidie. Il n'eut d'abord que des résultats abrégés. Puis il renouvela ses expériences. Il avait trouvé Irène étonnée; il ne la vit plus qu'incertaine. Il prenait chaque jour plus d'influence et il la sentait céder. Enfin, il dut bien s'avouer que, peut-être par déférence, elle faisait des progrès. Il n'hésita pas à l'utiliser pour son plaisir, sans voir qu'il risquait de la gâter ou de la perdre.

— Qu'appelle-t-on au juste " faire des folies "? — demandait Irène.

— Que vous dire? C'est d'aller lancer des serpentins au lieu de dormir, de prendre des drogues et du plaisir, ou de faire l'amour en groupes pittoresques, comme c'est la mode.

— Qu'entendez-vous par là?

— Rien. Pour la plupart des gens, l'amour est devenu une chose si ennuyeuse qu'on se met à plusieurs pour en venir à bout.

— Je ne comprends pas, — dit Irène, étonnée.

VI

Lewis trouva Irène devant la glace.

— J'engraisse, — dit-elle, — vous faites de moi une femme turque.

— Pourquoi ce tourment?

— Tout m'est tourment. Je ne suis pas comme vous sceptique, j'ai un sens effroyable des responsabilités.

— Moi, — répondit Lewis, — je suis " à responsabilité limitée ", et même je n'en accepte aucune, par pessimisme.

— C'est très pratique. Vous êtes pessimiste, Lewis, sans avoir réfléchi, parce que c'est plus commode. On n'a pas d'ennuis si l'on se dit que cet univers n'a aucun sens. Vous vous irritez parce que je n'aime pas aller chez les couturiers, parce que je refuse ce collier de perles en esclavage, que je ne prête pas attention, dites-vous, quand vous m'enseignez les bonnes années de champagne; c'est parce que j'ai honte de profiter de tout cela, maintenant que je ne travaille pas. Plus je réfléchis, plus je crois que le monde eﬆ un tout harmonieux, fini. Le désordre où nous le voyons n'eﬆ que passager et il eﬆ mal d'y ajouter.

— Vous êtes une optimiﬆe triﬆe et moi un pessimiﬆe gai — répondit Lewis; — depuis longtemps, j'ai décidé de m'en tirer comme je pourrai, avec mon plaisir; j'entends vivre et mourir en sa compagnie, sans me soucier des autres.

— Non, Lewis, il ne s'agit pas d'être habile. Il faut laisser cela aux boutiquiers.

— Les choses s'arrangent toujours.

— Oui, mais autrement.

— Alors, pourquoi travailler?

— Remarquez que nous ne travaillons plus ni l'un ni l'autre. Croyez-vous que j'agissais par rapacité? c'était par besoin, d'abord, ensuite pour mon pays, enfin, parce qu'en étant sur terre, j'ai le sentiment de faire partie d'une association humaine, d'une mutualité rigoureuse créée pour la production et l'économie.

— Quel dommage de ne pouvoir écrire tout ce que vous dites!

— Ne vous moquez pas. Il me serait insupportable de recevoir sans donner, d'être un objet de luxe, comme toutes femmes, hier coûteux, nuisible aujourd'hui.

Lewis la considéra avec un étonnement satirique. Il était un vrai Parisien, d'un égoïsme et d'une serviabilité à toute épreuve. Vivant en force, sans inquiétude, dans un monde d'après guerre où tout est brocante et spéculation, il ne s'était jamais posé pareils problèmes. Il croyait qu'il lui suffisait, pour n'être pas un parasite, de payer l'impôt, d'avoir été soldat.

Il admirait Irène. Il la sentait en proie à cette probité parfaite, à ce " démon de la probité " dont parlent les anciens, qui préside à la construction de tout édifice grec et lui permet de durer : la vie d'Irène, comme l'antiquité, était pénétrée d'une notion de loi, qui ne l'abandonnait jamais. Lewis s'étonnait naïvement qu'on pût avoir des sentiments simples, anciens et ne pas être vulgaire. Il croyait que l'élégance est le privilège exclusif des natures corrompues. Victime de préjugés semblables, on a vu qu'il avait versé avec entêtement dans une sorte de jansénisme des mauvaises mœurs. La présence d'Irène devait l'en tirer. Malheureusement, de longues années de pouvoir absolu, tant sur lui-même que sur les autres, l'empêchaient de croire ou d'obéir, comme elles lui interdisaient de se corriger; il ne changea rien à sa conduite.

Il ne faisait aucun effort pour qu'Irène l'estimât, sachant bien qu'on est surtout aimé pour ses défauts. Ainsi continua-t-il de mal administrer son bonheur. Mais ce perfectionnement matériel, cette pratique de la vie qu'il avait portés avant son mariage à un très haut point commençaient à lui faire défaut. Il devint chaque jours moins hardi, moins fort. Des manies enfantines, des tics héréditaires commençaient à réapparaître. Il menait une vie infirme.

Un soir, après dîner, Lewis bâilla.

— C'est demain la course de côte de Gaillon, — dit-il. — Venez-vous?

— Notre existence est absurde, — répondit simplement Irène.

VII

Les semaines qui suivirent, Irène mit un peu plus de rire sur ses lèvres. Elle sortait tous les jours de bonne heure et ne rentrait que pour déjeuner. Son courrier devint chaque matin plus important. Elle ne se plaignait plus de se mal porter, d'engraisser. On l'appelait au téléphone : " Madame peut-elle venir au *téléfon?* " disait une voix étrangère. Puis la conversation s'engageait. Lewis, soucieux de sa propre liberté, s'efforçait de paraître respecter celle d'Irène; il évitait de la questionner. S'agissait-il d'affaires de famille, d'enfantillages, de péripéties couturières? Il avait peine à le croire. Il ne laissait pas d'en être " ennuyé " (mot qui prend un sens si tragique dans la bouche des indifférents).

Un matin Lewis aperçut sa voiture arrêtée rue Cambon. Il chercha à découvrir l'adresse de quelque masseuse ou modiste, pensant qu'Irène s'y trouvait : rien. Une maison morne, sorte de steppe perpendiculaire, avec des vitraux d'église pour l'ascenseur doublé de l'escalier en serpent. Que pouvait-elle bien faire là-dedans? Si longtemps? A midi et demi, des ouvriers électriciens rentrèrent travailler. Lewis examina la cour. Il trouva à l'entresol un air inconvenant. Au cinquième, des rideaux roses. Il eut honte d'épier. Comme il se moquait des pressentiments, il en découvrit.

Inquiet, mal à son aise, il continue d'attendre, assis sur les marches de l'escalier. A une heure Irène sort, une grande enveloppe sous le bras. Elle rentre pour le déjeuner, avec un retard de cinq minutes, — un retard d'homme, pas un de ces retards absurdes de femme. Quand elle le voit, elle s'arrête, interdite. Elle entre dans la voiture (qu'elle conduisait elle-même) mais ne démarre pas. Elle se tourne vers lui et là, au milieu de la rue, dans cette boîte close, sans plus attendre, elle s'explique :

— Pardonnez-moi, Lewis... Je n'ai pas osé vous avouer... bien que cela m'ait coûté affreusement d'avoir à vous cacher quelque chose. Ce n'est que pour quelques jours que je viens ici... oui, pour une quinzaine seulement. Notre banque ouvre à Paris une succursale. Deux étages dans cette maison. La plaque n'est pas encore sous la voûte. On pose en ce moment l'électricité... Je vous assure que ce sont les circonstances qui l'ont voulu... J'ai appris ces temps derniers qu'un consortium hellène allait émettre en France un emprunt drachmes auquel nous sommes intéressés. Notre fondé de pouvoirs est un imbécile. Un jour, se trouvant dans l'embarras, il m'a téléphoné pour me demander conseil. Je l'ai tiré d'affaire... Le lendemain, je suis retournée à la Banque et depuis j'y travaille tous les jours.

— Pas tous les jours, — fit Lewis; il vous arrive de ne pas sortir. Avant-hier, cette migraine...

— Je n'avais pas la migraine (si vous saviez ce que c'est bon de ne plus mentir!). J'avais emporté à la maison de la comptabilité, et je m'étais enfermée pour la mettre au net, à votre insu.

Lewis demeura silencieux, puis il se mit à rire :

— Moi qui croyais aux cures de désintoxication!

Le soir, après dîner (pluie au-dehors, premier jour de chauffage), Lewis allume sa pipe :

— Je réfléchis à mon aventure de ce matin... C'est plus sérieux que vous ne pensez, Irène. Le moins drôle dans cette découverte de mari trompé, c'est que vous allez me forcer à me remettre, moi aussi, au travail. Je n'en ai nulle envie : je ne peux vraiment pas être l'Oriental qui va au café pendant que sa femme est aux champs, ou, comme on dit dans les milieux mondains de la rue d'Alésia, la laisser descendre au business ".

— Il ne s'agit que d'une quinzaine de jours...

— Il s'agit de toute votre vie, Irène. Jamais vous ne renoncerez à travailler; sinon vous mourrez. Ne voyez-vous pas que vous êtes une autre femme depuis que vous retournez à cette banque?

Irène vint s'asseoir à ses genoux.

— C'est vrai. J'ai moins de regrets que tu ne crois. Pour toi aussi, ce sera bon de travailler... Vois-tu, il faut être utile. Il ne faut pas qu'il y ait deux Europes, l'une qui vit propre et qui boit frais, l'autre qui couche dans les poux et qui mange l'écorce des bouleaux...

— J'ai épousé le *Progrès civique!*

— Sois généreux. N'attends pas que les événements nous prouvent qu'il faut s'aimer les uns les autres. Tu paierais cher cette leçon de choses.

Elle regardait dans l'ombre les traits énergiques de Lewis qui commençaient à s'arrondir, à perdre leur caractère depuis qu'il n'avait plus de métier.

— Je me disais que toi-même, tu devais peut-être avoir envie de reprendre en main ta maison, mais que tu n'osais pas, à cause de moi.

Lewis se hâta de n'être pas sincère.

— Nullement. J'étais bien décidé à ne plus toucher à une affaire. Que n'as-tu endormi en moi?

— Je suis inquiète. Que fais-tu aujourd'hui de ces passions, de ces chances, de toutes ces lignes de force qui autrefois traversaient ta vie? Cela dort-il, pour se réveiller contre moi?

— Ne crains rien. J'oublie vite.

— Te rappelles-tu? Tu disais que la Bourse, c'était ta cour de récréation.

— J'ai grandi. Je n'ai plus besoin de m'amuser.

— Dis-moi la vérité. Il ne t'est jamais arrivé d'entreprendre une affaire depuis notre mariage?

Lewis tourna la vis du radiateur d'eau chaude, — geste qui correspond à l'ancienne poésie du feu tisonné :

— ... Non, — répondit-il.

Dehors le vent psalmodiait et désarticulait les toits. Lewis se rapprocha d'Irène.

— Au fait, voyons... c'est-à-dire... une fois, en Grèce... je ne te l'avais jamais avoué, je crois..., j'ai joué à terme toute la récolte des raisins secs de ton île.

VIII

Peu après, le principal établissement de la Banque Apostolatos pour la France passa de Marseille à Paris. Irène accepta d'être nommée fondée de pouvoirs. De plus en plus, la firme grecque renonçait aux opérations d'affrètement, aux avances sur marchandises, se consacrait aux grandes affaires industrielles, se lançait dans les placements de fonds d'État. C'est grâce à cette politique nouvelle et à des alliances heureuses avec des capitaux étrangers que ses filiales, la *Compagnie des produits chimiques de l'Olympe* et la *Société spartiate d'électricité* (pour l'exploitation des procédés Thomson Houston dans le Péloponèse), avaient vu leurs actions doubler en quelques mois. Le nom d'Apostolatos était désormais " avantageusement connu " à Paris et l'emprunt à lots, drachmes-papier, commençait à trouver sa place sur le marché français. La seule ombre sur ce bilan : des incidents italo-grecs, survenus récemment à la suite de la saisie d'un vapeur hellène dans l'Adriatique, et qui risquaient de mal tourner.

A la Franco-Africaine, la situation était différente. Lewis reprit difficilement son poste. Il avait laissé une maison dans le désordre. Afin de la mener sans contrôle, en maître orgueilleux, il avait eu soin, pendant ses années de gestion, de ne mettre personne au courant des services, de ne former aucun sous-ordre, ne classant aucun papier, négociant sans traces écrites, emportant chez lui les dossiers qui l'intéressaient et ne les rendant pas; dès qu'il manqua, des entreprises hardies qu'il ne soutenait que par sa chaleur ou son audace, chancelèrent. On ne se fit pas faute de le discréditer. Ses trouvailles devinrent des erreurs, ses élans des folies. Quand il réapparut, l'esprit de la direction avait changé; toute une hiérarchie d'administrateurs bas de plafond, de prélats craintifs avait repris le dessus et traitait les affaires par leur petit côté, les expédiant administrativement au jour le jour, avec mollesse et somnolence. Lewis errait parmi eux comme un fauve au milieu de ruminants. Il dut user de toute sa violence retrouvée pour s'imposer à nouveau.

En ami véritable, le travail revint : Irène mettant le comble à sa prospérité, Lewis redressant sa situation, ils ne doutaient pas qu'il ne les unît bientôt aussi parfaitement que l'amour.

Des occupations différentes, leurs levers brusqués, leurs repas interrompus allaient donner plus de prix aux heures passées ensemble; les plaisirs devenir des équipées, les ennuis s'abréger. Des prises de bénéfice arrêtaient de tendres regards; des dégagements pressants déconcertaient la fougue qui les engageait l'un à l'autre. Ils useraient ainsi autrement ce besoin de perfection qui épuise les plus belles affections. Tout le merveilleux d'une existence d'affaires, ses jeux dangereux, les risques de plans financiers nouveaux, l'instabilité des changes, le pathétique des liquidations ou des reports devaient, mieux que la vie la plus commune, la plus mesurée, établir entre leurs cœurs, quiétude, abondance, durée.

IX

Il n'en fut pas ainsi.

Ces deux êtres qui avaient de s'aimer des raisons si amples, si naturelles, virent chaque jour leur bonheur se perdre. Lewis en fut la cause et la première victime. L'on sait qu'il avait l'âme moins haute qu'Irène.

Souvent, il arrivait à l'un d'ouvrir des lettres destinées à l'autre. Irène s'en excusait dès la première ligne. Lewis ne pouvait s'empêcher, même après s'être aperçu qu'il s'agissait d'une affaire concernant les Apostolatos, de lire jusqu'au bout.

Irène travaillait sans aide, faisait des opérations mentales tout en s'habillant; Lewis ne pouvait se passer de secrétaire. La tête de Martial réapparut sur l'écran quotidien.

Comme beaucoup d'hommes d'affaires, Lewis ignorait l'arithmétique, perdu ainsi qu'un enfant dans une règle de trois.

Irène se moquait de lui :

— Vous finirez comme l'oncle Priam, — disait-elle. — Un soir, il fit ses comptes et découvrit un déficit énorme. Il prit un pistolet et se tua. Le lendemain on constata qu'il n'y avait qu'une erreur de calcul : il laissait six millions à ma tante Clytemnestre.

Le téléphone. Lewis décrochait le récepteur, la figure immobile, mais le regard durci.

— C'est pour vous, chérie, — disait-il.

Il prit ombrage de l'habileté professionnelle d'Irène. Il se demandait comment elle pouvait se suffire à elle-même. Elle n'était jamais en retard, recevait des visites, dressait des fiches, répondait aux lettres, dictait des rapports, sans qu'il parût jamais lui en coûter. Le bureau d'Irène était toujours propre, nettoyé à la fin de chaque matinée. Celui de Lewis encombré de factures, de notes qui attendaient en vain un avis, une réponse. Irène était extrêmement large en affaires (— laissant filer de la corde —, disait-elle) surtout lorsqu'il s'agissait de traiter avec des Grecs. On sentait qu'entre Grecs on était tout de suite en confiance, que certaines trahisons n'étaient pas possibles. Lui, devait cheminer seul, la main sur ses armes, l'œil ouvert, toujours en alerte, dans ces milieux de finance occidentaux où règne la mauvaise foi.

Irène était d'une lignée de banquiers-orfèvres, marchands de lingots. Lewis était de la génération qui ne croit qu'aux placements industriels, n'a jamais vu d'or, méprisant les banques de dépôts et les dépôts eux-mêmes, qu'il ne se faisait pas scrupule de remployer à sa fantaisie, au besoin contre le gré de ses clients. Irène suivait la tradition, considérait l'épargne comme sacrée, revenait aux obligations, aux fonds d'État, se donnait la peine d'acheter des parlementaires et des journaux; “ — être banquier, disait-elle, c'est observer mille lois étroites, c'est agir sans témérité. ”

Lewis, avec l'orgueil féodal d'après guerre, répugnait à ces méthodes lentes : il avait tort. L'accouplement de la politique et de la finance donne des enfants laids, mais qui ont la vie dure.

— Irène, — disait-il, — vous êtes le monopole et la concussion.

— Vous, — répliquait-elle, — l'agiotage et la spéculation.

Il arrivait que Lewis refusât une affaire qui l'ennuyait à traiter. On a vu qu'il était à cet égard comme une femme. Irène ne laissait rien au hasard; tout lui était bon. Elle n'oubliait pas que le crédit moderne a pour grand-mère l'usure. Elle utilisait les déchets. Elle avait soin de ne pas chasser sur le terrain de Lewis (des entreprises semblables en Méditerranée faisaient que leurs intérêts chevauchaient souvent). Mais si Lewis lui passait le dossier pour voir comme elle s'en tirerait, Irène s'appliquait et bientôt des résultats favorables apparaissaient. Alors Lewis avait des regrets. Bien qu'il le dissimulât avec orgueil, Irène s'en apercevait et avec sa franchise lui offrait de ne pas continuer. Mais lui, ombrageux, n'acceptait pas cette leçon; il pardonnait difficilement.

Certes, l'admiration qu'il avait eue pour Irène ne cessa pas; il lui arriva cependant de penser à elle durement.

Il se le reprocha, mais les images qu'il avait voulu chasser n'en devinrent que plus fréquentes.

Un matin, Lewis dit à Irène :

— Je ne rentrerai pas. J'ai un déjeuner d'affaires.

Il fut sur le point de la mettre au courant et de lui expliquer qu'il s'agissait pour lui d'examiner des offres très avantageuses d'un consortium américain, en vue de fonder des stations radiotélégraphiques en Asie Mineure et jusqu'en Perse. Mais peut-être pour intriguer Irène, — la croyant sa sœur en jalousie —, peut-être, bien qu'elle fût la discrétion même, pour que l'affaire ne s'ébruitât pas, Lewis ne lui en dit pas davantage.

Le soir, pris de remords, il revint sur le chemin parcouru le matin :

— Je n'ai pas eu le temps de vous expliquer. J'avais invité à déjeuner deux banquiers américains, qui arrivent de Londres...

— Ne s'agirait-il pas des radios en Asie Mineure? — interrompit Irène. — Méfiez-vous : vos gens n'ont pas du tout, comme ils le prétendent, le groupe Marconi avec eux. Ils sont venus nous apporter l'affaire il y a huit jours et j'ai pris des renseignements : ce n'est pas sérieux.

En moins de temps qu'on ne pourrait croire, il s'établit entre eux des rapports sans sincérité. De la part d'Irène, parce qu'elle sentait que son mari s'éloignait d'elle. De la part de Lewis parce qu'il trouvait, à chaque instant, son maître. Il avait l'impression de continuer la lutte contre cet adversaire intime, adroit qui, dès le premier engagement, lui avait fait mordre la poussière. Cette entreprise des mines de San Lucido, qui en les séparant les avait unis, à laquelle quelques mois plus tôt Lewis ne pouvait songer sans émotion car elle avait été l'origine d'un bonheur, à mesure qu'elle devenait prospère, l'humiliait; il s'aperçut qu'il l'avait prise en aversion lorsqu'il lut qu'elle allait entrer dans son deuxième exercice, qu'il y avait déjà des bénéfices satisfaisants et qu'on envisageait même la possibilité de donner des dividendes.

Il se rappela à cette occasion que c'était bientôt l'anniversaire de leur rencontre en Sicile. Il se promit de rapporter à Irène de ces jasmins acidulés et enivrants d'un premier soir.

X

L'après-midi où Lewis passa chez son fleuriste pour lui demander de lui procurer du jasmin, le hasard, notre pire ennemi, y conduisit Mme Magnac (on n'a pas, plusieurs années, vécu avec quelqu'un en haute amitié, sans qu'il en résulte un certain nombre de fournisseurs communs). Elsie! Elle redevint d'un coup la plénipotentiaire de tous les plaisirs, la femme à la fois auguste et comique, policée et bien au point qu'elle était jadis; et tout ce que Lewis eût honteusement désiré qu'Irène fût et qu'elle n'était pas. Il cessa de croire qu'une femme légitime suffit à consoler un homme de toutes ses maîtresses. Il sentit qu'Elsie lui était redevenue nécessaire. Entre eux, pas question de brouille, de séparation, de points d'honneur ou d'équité. Avec l'esprit du XVIe arrondissement, Mme Magnac continuait obligeamment une conversation par hasard interrompue la veille.

— Surtout, ne venez pas à l'apéritif, si cela vous

embête, mais on sera content de vous avoir... Des nouvelles? Marbot est au lit avec du petit plomb dans les fesses. C'est Harbedjan qui lui a mis cela il y a quinze jours, en Sologne. Si les Arméniens se mettent à massacrer...

La fleuriste les interrompit. Nulle part elle n'avait pu se procurer des jasmins.

— Tant pis, — dit Lewis avec humeur, — donnez-moi n'importe quoi; de la salade...

Lewis était depuis une heure rentré chez Mme Magnac, étendu sur un divan, qu'elle continuait, près de lui, du même ton léger :

— Tout le monde dit que tu as une femme ravissante, Lewis; une mosaïque de Ravenne... Alors, c'est voulu, je serai la dernière à la connaître? Je suis sûre que je l'aimerais beaucoup.

— C'est déjà effrayant.

— Allons, Lewis... D'ailleurs, il paraît que c'est un homme d'affaires prodigieux. Fais-la-moi connaître.

— Plus tard.

Elle lui parla à l'oreille, riant :

— Après tout, ce serait peut-être un moyen d'arranger les choses?

XI

Lewis quitta Mme Magnac et rentra à pied pour dissiper divers parfums qui lui étaient entrés dans la peau. Il arriva assez tard pour dîner. Irène était étendue devant le feu, la tête dans ses mains. Lewis crut qu'elle pleurait et lui prit les doigts. Non, Irène ne versait jamais une larme, mais on voyait qu'elle barricadait son tourment.

— Quand je rentre, — dit Lewis, avec la férocité enfantine, — j'aime que vous soyez gaie. Vous avez l'air d'un chèque sans provision. Pourquoi êtes-vous triste?

— Je suis restée longtemps seule ce soir et j'ai compris combien j'avais eu tort de me remettre aux affaires. Maintenant il n'est plus temps d'y renoncer. Ce n'est pas un jeu qu'on est libre de prendre ou de quitter. La paresse c'est un art d'agrément, et elle rend plus léger. Le travail c'est une lourde loi, avec des conséquences graves que je n'entrevois qu'aujourd'hui...

Lewis fit un geste impatient, pour prévenir le sermon.

— Tout ce qui arrive c'est ma faute, continua Irène, — avoir accepté de t'épouser, c'est encore ma faute; et l'on me dit volontaire! Moi-même je croyais... Je vais t'expliquer ce que tu n'oses m'avouer : que tu t'es marié pour être heureux, tranquille et non pour que ta maison devienne un comptoir, une banque, que dis-je? deux banques. Aujourd'hui, je suis pour toi une concurrente; et demain? Peut-être même en m'épousant ne cherchais-tu qu'une revanche, après quoi, tu ne demandais qu'à vivre en paix : au fond, Lewis, tu tiens à moi beaucoup moins que tu ne crois. Malheureusement, c'est moi, maintenant, qui t'aime... (elle l'empêcha de l'interrompre), mais cela ne regarde que moi. Renoncer à travailler? tu as vu, j'ai essayé, je ne puis pas rester sans rien faire. Je suis une Grecque et pour moi toute rêverie, toute pensée, doit prendre forme. Mes ancêtres des îles ont vécu pendant des siècles au milieu des carnages ou des proscriptions, dans cette même île, où tu ne peux vivre. Moi-même, je suis une île, quelque chose de simple, d'isolé, où tu ne peux pas vivre. Je déteste tout ce qui est plaisant, puéril. Les vices, qu'ils soient brillants ou commodes, ne m'attirent pas. J'ai derrière moi des siècles de négoce, de liberté, d'émigration... A mon tour, laisse-moi m'en aller...

Lewis prit dans ses mains les cheveux d'Irène, fins comme des fils de magnéto.

— Tu partirais ainsi... sans préavis? Irène nous sommes des amis.

— Non, pas des amis. Je n'ai pas le temps d'attendre l'âge des vieilles affections. Ne t'embrouilles pas. Tu n'es pas un Russe, pour aller, titubant, à travers tes sentiments, en t'écriant : " Je confonds tout! " Ne tourne pas le dos à la vérité. La devise de l'humanité devrait être : " Voilà la vérité, sauve qui peut "! Les Grecs seuls ont fait exception. Que sommes-nous, tous deux? Le jour, nous sommes des adversaires. La nuit... la nuit aussi, mais là, nous n'avons pas le choix des armes. Pouvons-nous continuer de vivre ainsi? Cela va devenir un arrachement. Nous voilà sur le chemin de quelles misères! Toi, tel que tu es : policé, nerveux, peu rassurant parfois; moi, pleine de mouvements sauvages, passionnée...

Lewis ne répondit rien. Cette enfant lui tenait bien profondément au cœur. Il la prit dans ses bras, passa sa main entre sa robe et son corps.

— Irène, votre nom veut bien dire Paix, n'est-ce pas?

Irène resta sans force, la tête sur les genoux de Lewis, comme une petite cité grecque ivre de son tyran.

XII

Ainsi Lewis sut qu'Irène, avec tout son orgueil, ne lui résistait pas. Il pensait : " On dit qu'à notre époque, les femmes ne trouvent plus d'hommes; elles en trouveront toujours assez pour être aimées, mais ce qui va leur manquer, c'est un homme qui ait le temps de s'asseoir près d'elles, de leur mettre le bras autour du cou et de leur dire : " Pourquoi êtes-vous triste? "

Ce qui l'étonnait, c'est que cet entretien mélancolique et ce commencement d'insurrection eussent eu lieu à l'heure même, et sans qu'elle l'eût soupçonné, où pour la première fois il s'était éloigné d'elle. Lorsque nous vivons très près de quelqu'un, un être plus subtil que notre conscience nous renseigne sur lui, et nos actes, alors qu'ils nous paraissent inexplicables, sont la conséquence d'une occulte logique.

Irène et Lewis reprirent leur vie commune, mais un différend ardent croissait en eux et à leur insu.

Irène se surveillait mal :

— Je crois que nous n'arriverons jamais à être heureux.

Lewis s'irritait :

— Si j'étais aussi franc que vous, depuis longtemps nous ne le serions plus; nous serons heureux, il le faut.

Puis il lui prenait les mains, la consolait.

— Patientez. Ne vivez pas sur le capital précieux de vos nerfs. La vie serait bien mauvaise sans le chagrin. Voulez-vous fréquenter des tiers? Désirez-vous que je vous emmène dans le monde? Il y a là des choses toutes neuves à faire, des spectacles risibles ou splendides, auxquels vous vous êtes toujours refusée. Tous les gens sont en masse ennuyeux, mais dans le détail cela est moins vrai. Il est certain que vous êtes peu " liante ", diront les vieilles dames; vous n'avez pas besoin d'en voir de vieilles. Voulez-vous essayer des plaisirs?

Lewis remarquait avec satisfaction, mais non sans ressentiment, que jamais il ne s'était donné tant de mal pour une femme. C'est-à-dire qu'il avait de ces petites attentions qui ne sont que des tics de l'esprit et qu'il prenait pour des élans du cœur.

Ils visitèrent des maisons noires sur la rive gauche, des maisons blanches sur la rive droite, des hôtels, des théâtres, des concerts. Ils sortirent des bals à l'heure où, dans les rues vides, l'on crie les noms de l'histoire de France. Pour la première fois, depuis leur mariage, Lewis et Irène, à l'entrée de l'hiver, firent le tour de l'honorable société.

Irène eut beaucoup de succès. Paris ne manquait pas de femmes d'affaires, mais c'était des couturières douées, des actrices chanceuses, des concierges géniales, des courtières en publicité; toutes opéraient lourdement, ne faisant qu'utiliser les recettes avec lesquelles nos cuisinières réussissent les confitures, ne cherchant qu'à réaliser des gains, à s'établir, à être reçues, à traiter des hommes célèbres, montrant ainsi la limite de leurs ambitions.

Irène plut par sa grâce, son absence de prétentions financières, ses façons directes, son esprit simple et impérieux. On la courtisa; Lewis n'était pas jaloux. Des personnages considérables se firent présenter. Parmi eux, le Chargé d'affaires d'Italie, friand de jolies femmes, mais qui le regretta, car on était au lendemain du conflit gréco-italien et Irène lui tourna le dos.

Irène n'était pas sensible à son succès. Ce qu'elle préférait, c'était rester chez elle, recevoir quelques Grecs dans l'intimité. Quand Lewis rentrait, il entendait dans le salon une conversation épaisse, coupée de gazouillements : réunion d'un Comité de bienfaisance philhellène. Il ne comprenait rien, les souvenirs des racines grecques lui étaient inutiles. L'Olympe faisait un bruit de canards. Il s'enfuyait après avoir entrevu quatre ou cinq personnes, dont la tante Clytemnestre, très noires, très riches, avec de bleus sourcils, des yeux en caramel et sur les doigts des dalles d'émeraude et des solitaires, comme un amas de glace pilée.

Il s'enfermait dans son bureau, mettait les pieds sur sa table et pensait à Irène, cherchant comment il pourrait à la fois lui témoigner sa tendresse et prendre quelque revanche sur elle.

XIII

LA COTE DU JOUR

Intérêts.	Précéd. clôture.	DÉSIGNATION DES VALEURS	Premier cours.	Dernier cours.
70	1065	Banque Apostolatos.	1080	1106
	540	Franco-Africaine (la).	535	510

XIV

Trois semaines après l'émission, l'emprunt grec avait été couvert deux fois, rien qu'aux guichets de la Banque Apostolatos. Un soir, Irène et Lewis résolurent de fêter ce succès et de renoncer à leur solitude.

C'est joyeusement qu'ils entraient dans ce dénouement.

Irène était habillée d'un métal blanc qui noircissait sa figure, renforçant son teint chaud d'Orient : noir et argent, comme ses icônes.

“ La voilà parfaite ”, pensa Lewis quand il vint la chercher dans sa chambre, contemplant sous la robe serrée un corps assoupli, annelé.

Ils dînèrent avec excès, parmi les danses, les épaules courbes, les smokings mécaniques. Ces astres de la rue de la Paix, ces rires, ces surcharges de fards, quelle différence avec Trieste la nuit, ses deux cinémas et les promenades d'officiers drapés devant le café du Veneto, pensait Irène. Toute la soirée, ils se balancèrent d'un cabaret à un autre, de la rue Caumartin à Montmartre. Là-haut, Lewis rencontra des amis.

Tandis que, pris dans le faisceau d'un projecteur, un danseur emportait au milieu des bravos la danseuse autour de son cou, comme un chevreuil, Irène se trouva présentée à une belle personne, très sûre d'elle-même, un peu fanée, avec une bouche géranium, des yeux sournois, qui fit des frais pour elle.

Dès qu'elle le put, elle demanda son nom à Lewis.

— Mais, c'est Elsie Magnac.

Lewis lui avait souvent parlé d'elle. Sans la connaître, Irène l'avait en aversion.

— Cela me dérange de penser qu'elle existe, avait-elle dit un jour à Lewis.

Comme on peut se faire des idées fausses sur les gens! Elsie Magnac était charmante. Elles furent deux amies. On ne se quitta pas. On dansa, on but ensemble.

Vers une heure, ils se retrouvèrent tous trois place Pigalle. Le grand air les assomma. Les voitures s'étaient assoupies; les affiches lumineuses tombèrent en léthargie.

— Nous n'allons pas rentrer, — fit Lewis.

— Voulez-vous venir prendre un " drink "

chez moi, en camarades, — dit Mme Magnac. — Ça te va?

Irène ployait, s'abandonnait. Elle se sentait tourner comme un derviche. Lewis de toutes parts l'investissait. Elle n'avait plus la force de résister à une contrainte, à une suite d'événements qui se déroulaient nécessairement.

Le froid, la brume le long de la Seine que la voiture trouait sans bruit, à une vitesse folle. Une drôle de maison très obscure, des objets rares et méchants; des bouddahs; des poupées; des feux avec des parfums dedans. Encore des verres avec des bouteilles de plusieurs couleurs.

Irène ne voyait plus rien que des reliures dans l'ombre et des peaux de panthères à yeux noirs comme des papillons. Elle défaillit, fut sur le point de perdre connaissance.

Lewis et Elsie Magnac riaient. Dans un désordre de coussins lamés qui glaçaient la peau, entre eux, ils installèrent Irène.

— Je vous remercie, ce n'est qu'un malaise, — dit-elle, — ce n'est pas la peine de me déshabiller.

XV

“Ne leur est-il donc jamais arrivé de jouer des tours à qui ils aiment? ” pensait Lewis, répondant à des contradicteurs imaginaires, en descendant, tout seul, les quais. Le soir était profond comme du marc de café, mais il n’y lisait aucun avenir.

Il était sorti le matin alors qu’Irène dormait encore, et à la nuit il rentrait chez lui assez inquiet, mais content. Ce qu’il aimait chez Irène, c’était sa pureté; il avait adoré cette pureté jusqu’à ne plus pouvoir la supporter. Vraiment, elle mettait Irène, injustement, à l’abri de tout; à l’abri des soupçons, des dangers; l’autorisait à rester elle-même; à ne jamais faire un effort pour le servir, le comprendre; elle couchait tout habillée dans cette cuirasse...

N’y a-t-il donc pas de moyen terme entre les femmes à vocatif et les femmes à impératif? Continuer à vivre à Paris après l’âge de trente ans, c’est accepter de n’être entouré que de complices.

Sinon, s'en aller. Puisqu'Irène avait consenti à revenir en France, il fallait bien que, tôt ou tard, elle " y mît du sien ".

Lewis avait pensé que certaines inconduites auxquelles il s'était cru obligé avec des femmes qui, seulement, lui plaisaient, deviendraient caduques lorsque vraiment il aimerait. Il avait compté sans ce goût de nous surpasser qui nous domine et qui n'est peut-être que l'habitude, mieux parée.

Non, il ne compliquait pas sa vie, il la simplifiait.

XVI

Il la simplifiait plus encore qu'il ne croyait, car, en arrivant chez lui, il trouva la maison vide. Il attendit deux jours. Puis, possédé par un remords, un désespoir dont on ne le croira pas capable, en quarante-deux heures il visita Paris, Londres, Trieste. Sans résultats. Aucune trace d'Irène.

Le huitième jour, il reçut un télégramme. Elle lui demandait de venir la retrouver à Corfou.

Pardonnait-elle? Il était prêt à tous les pèlerinages pour qu'elle lui remît sa peine. Difficilement il obtint un laissez-passer, car la situation restait tendue entre l'Italie et la Grèce. Enfin, il réussit à s'embarquer à Brindisi sur un navire italien, chargé de troupes.

Le lendemain, au coucher du soleil, Corfou apparut, fixe dans la mer houleuse. Du pavillon, on salua dans le canal livide le *Comte Cavour*, *Jules César*, *Saint-Marc*, *Leopardi*, et toutes sortes de célébrités italiennes peintes en gris fer, armées de canons démuselés, pointés sur la vieille citadelle défendue par ses vignes entrelacées. Les principaux édifices se prévalaient du drapeau blanc. Toute la ville, pacifiquement, lessivait. Les Italiens venaient de déclarer le blocus de l'île.

A l'hôtel de la Belle-Venise, Lewis apprit que les bateaux grecs avec leurs passagers étaient consignés au sud, dans la baie de Khalikiopoulo. Il s'y rendit, à la tombée de la nuit.

Il pleuvait. Pêle-mêle, sous le vent d'ouest s'entrepoussaient des contre-torpilleurs grecs, portant des noms de financiers, avec des mâts métalliques au travers desquels on voyait le ciel comme un vin décuvé, des transports, des cargos venus de Patras qui n'avaient pu continuer leur route, et même des felouques chargées de farine, d'asphalte, arrêtées dans leur cabotage d'île à île, surveillés au projecteur par des " hydro-volants " italiens.

Comme un marin attardé qui regagne son bord, Lewis dans une barque à deux rameurs sur des flots bilieux cherchait avec une lampe de poche le *Basileus II*, à bord duquel se trouvait Irène. Dans l'obscurité, il errait entre les pétales des hélices, sous les dames de proue raidies, parmi les câbles; on entendait des accordéons, des chants d'équipages, craquer les mâts, aboyer des chiens veilleurs sur les voiliers. Un soutier vida presque sur lui un seau de mâchefer. Des passagers inoccupés, pour tromper leur quarantaine, le regardaient du haut de leurs murailles noires et l'injuriaient en grec.

Enfin un projecteur fit basculer la nuit et le mot *Basileus II* apparut sur une poupe, en lettres d'or.

XVII

Il la surprit dans sa cabine. Une couchette à cadre de bois, le hublot vissé, du linge lavé dans la cuvette, des valises ouvertes. Un ventilateur remuait un air usé et l'on défaillait.

— Irène!

— N'approchez pas!

— Vous m'avez appelé...

— Je le sais... Ne perdons pas notre temps. J'ai des choses importantes à vous dire. Montons sur le pont.

Sur le pont ils eurent peine à se tenir debout, car le vent s'emparait d'eux, de vive force; le bateau chassait sur ses ancres. Au loin, un feu rouge et un feu vert, intermittents. Au-dessus d'eux des barques de sauvetage suspendues comme des dirigeables noirs, dans le vide du ciel, un instant étoilé; la mer faisait autour du navire son bruit de noix roulées.

— Pourquoi êtes-vous ici?

— Nous avons été arrêtés par les Italiens. Je m'étais embarquée à Marseille, j'allais à Athènes...

— Pour fuir.

— Certainement.

— Irène, pardonne-moi.

— N'avez-vous pas compris que je ne suis plus votre femme : je ne vous ai pas fait venir ici, par cette nuit de janvier, pour constater qu'un compte entre nous est clos à jamais. Encore une fois, ne perdons pas notre temps. Voici les télégrammes, que nous avons reçus de Trieste. Ils confirment des informations parvenues ces jours derniers. Vous êtes au courant des incidents politiques. Vous savez que les Italiens viennent d'être déboutés de leur demande d'indemnité contre nous. Aujourd'hui, ils se vengent. C'est dans leur manière. Ils vont mettre l'embargo sur tous les biens grecs en Italie. Nous allons être obligés de vendre San Lucido au moment où l'affaire devenait excellente. C'est d'ailleurs ce que le gouvernement italien ne nous pardonne pas. Nous avons acheté cette mine à une époque où l'Italie était à demi communiste, victime d'une monnaie dépréciée. Aujourd'hui, c'est une Italie nationaliste, xénophobe, ivre de ses droits, que nous avons en face de nous. Le *Credito Milanese*, avec qui nous sommes en bons rapports et dont vous savez les attaches fascistes, nous fait des propositions officieuses d'achat, sous lesquelles des menaces se dissimulent mal.

— Ne pouvez-vous envisager un transfert fictif d'actions et exploiter par personnes interposées, en attendant que la crise soit résolue? demanda Lewis.

— Non, ce qu'ils veulent, c'est que l'affaire ne soit plus entre les mains de Grecs. C'est une politique qu'ils étendent à toute la Méditerranée orientale. Nous n'avons pas le choix. Voyez les télégrammes : il faut vendre au mieux, immédiatement.

— Quelles conditions vous fait le *Credito Milanese?*

— Elles sont médiocres. En tout cas les meilleures que nous puissions avoir. Mais jamais, entendez-vous, nous ne vendrons à des Italiens. Je vais au fait. Ce que je vous propose, c'est ceci : êtes-vous disposé à reprendre l'affaire?

" Quelle mouvante aventure... ", pensa Lewis...

Cette entreprise de San Lucido venait et revenait depuis un an dans sa vie comme un motif poétique, d'un romanesque absurde. Il revit la mer fleurie, sondée par une jeune femme aux bras bruns. Il revit le profil pur des collines siciliennes et le ciel d'un bleu tremblant. Il jeta un cri, le premier de sa vie :

— Irène, ne pars pas!

— Allons. Vous savez ce que je vous ai dit. Réfléchissez. Que vos mots soient à la mesure d'un dernier entretien. Calculez. Vous êtes ici pour cela. Pour moi seule il est onéreux de vous avoir demandé de venir...

— Ne continuez pas. J'ai déjà eu raison de votre orgueil.

Irène se sentit à son tour gagnée par l'ivresse des paroles méchantes. Mais elle se maîtrisa :

— Demeurons à distance égale de l'insolence et de l'affliction, voulez-vous?

Des pensées plus lisses se glissèrent entre eux, après cette phrase.

— Nous voici, reprit-elle, rentrés dans la vie, en combattants isolés. Prenons-en notre parti. Faisons-nous une bonne guerre.

— Irène, je vous...

— Je vous arrête, de peur que vous n'alliez prononcer un mot qui ferait tomber le ciel sur nos têtes. L'amour n'est fait ni pour vous ni pour moi. J'ai accepté un moment d'être sur terre pour autre chose que pour peiner : la punition devait venir. Oui ou non, voulez-vous la mine? Répondez-moi.

— Je vais examiner cela, — fit Lewis. — En tout cas, nous ne pourrons reprendre vos actions dédoublées en juin dernier qu'au pair; quant aux prélèvements de prévoyance ils ne sauraient entrer en ligne de compte...

Et il s'écroula dans les sanglots.

A travers le gréement, l'on vit sortir des nuages une lune huileuse.

« Le chagrin ne l'égare pas, pensa Irène. Ses conditions sont plus dures encore que celles des Italiens. »

XVIII

La Banque Apostolatos vendit les mines de San Lucido. La Franco-Africaine les racheta au plus bas prix et avec le consentement tacite du Gouvernement italien (à qui, par ailleurs, elle ne refusa pas un important concours financier en Asie Mineure). Pendant tout le temps que durèrent les négociations, qui furent longues, les deux établissements n'échangèrent qu'une correspondance impersonnelle; puis Irène, ensuite Lewis, rédigèrent et signèrent l'un pour l'autre diverses notes et des mémoires qui les mirent en rapports fréquents. Dans ces conversations à distance, établies peu à peu, sans heurts, sans passion, leurs vues sur une politique d'affaires méditerranéenne se trouvèrent en bien des points semblables. Leurs intérêts s'accordèrent. Les résultats furent fructueux, comme si le sort qui s'était appliqué à les séparer, à leur défendre d'être heureux, s'empressait de bénir cette union financière et de leur bâtir des fortunes dès qu'ils eurent accepté de ne se donner qu'à une vie infortunée. Tout ce qui les avait tourmenté les rapprocha. Le hasard flexible les servit. Ils s'étonnaient parfois de n'avoir pas toujours travaillé ensemble et, toute gêne disparaissant, ils allèrent jusqu'à avouer que s'ils avaient dû s'aimer parfaitement, ils seraient peut-être aujourd'hui tous les deux au milieu des ruines. Car l'amour a tôt fait de désoler des vies où il n'est pas attendu.

Depuis Corfou, Lewis et Irène ne se sont jamais revus, mais ils s'écrivent tous les jours.

XIX

CE QUE L'ON DIT EN BOURSE

" *Chacun sait qu'il est, depuis quelque temps, question d'une fusion entre la Banque Apostolatos de Trieste et la grande firme française la Franco-Africaine; nous croyons pouvoir annoncer que ce sera bientôt chose faite. La Société prendrait le titre d'*OMNIUM MÉDITERRANÉEN. *Au cours de l'Assemblée extraordinaire qui aura lieu le mois prochain il sera décidé, si nos informations sont exactes, que les actionnaires auront droit à une action nouvelle pour deux anciennes, et à une action nouvelle pour quatre anciennes, en ce qui concerne respectivement la Banque Apostolatos et la Franco-Africaine. Peu après l'admission à la cote, qui est annoncée pour janvier, il est vraisemblable que le nouveau groupement connaîtra des cours qui le feront rechercher comme le type de la valeur de portefeuille.* "

(L'*Information financière.*)

Compiègne, 1922 — Athènes, 1923.

Dans la collection
Les Cahiers Rouges

Blaise CENDRARS	Moravagine
Maurice GENEVOIX	La Boîte à pêche
Paul MORAND	Lewis et Irène
Thomas MANN	Altesse royale
Louis GUILLOUX	La Maison du peuple
François NOURISSIER	Un petit bourgeois
René de OBALDIA	Le Centenaire
Vladimir NABOKOV	Chambre obscure

Cet ouvrage reproduit par procédé photomécanique
a été achevé d'imprimer sur presse CAMERON
dans les ateliers de la S.E.P.C.
à Saint-Amand (Cher), le 24 mars 1983
pour le compte des éditions Grasset

Nº d'Édition : 6065. Nº d'Impression : 479.
Première édition : dépôt légal : 1924.
Nouvelle édition : dépôt légal : mars 1983.
Imprimé en France

ISBN 2-246-15002-7